법정 스님의 말과 글

법정 스님의 말과 글

삶을 채우는 시간
지혜의 필사책

샘터

가까이, 때론 멀리,
한숨 쉬면서 수채화를 그리듯

제가 다니던 세검정성당에서 '신약성경 필사(筆寫)' 모임을 하며 정말 필사(必死)적으로 1년 넘게 성경 구절을 노트에 적는 신자분들을 뵈었습니다. 한 다섯 분 정도 되었는데, 필사는 매일매일 신약성경의 「마태오복음」부터 「요한묵시록」까지 구절구절을 정성껏 일기 쓰듯 이어 쓰는, 인내심이 아주 극도로 필요한 작업이었지요. 저는 감히 따라 하지는 못하고 매주 미사를 드릴 때 그분께 반복적으로 "아직도 쓰고 계시지요?" 혹은 "힘들지 않으세요?"라고 곁묻기만 했습니다. 그럼 그저 웃음으로 화답하거나 "네"라고 짧은 대답만 할 뿐이었지요. 호기심 반, 감시(?) 반. 이런 관심도 몇 달을 채우지 못했고, 저 자신도 까마득히 잊었습니다.

그러던 어느 날 주임 신부님이 강론 말미에 "다음 주면 성경 필사 모임이 끝난답니다"라는 것이 아닙니까. 아! 벌써? 사실은 1년이 아니라 꼬박 2년이 걸렸습니다. 성당 복도에 그분들이 적어 내려간 성경 필사본이 진열되었습니다. 저는 미사가 끝나도 집에 가지 않고 그 필사본을 하나씩 들춰 보며 많은 생각에 잠겼던 기억이 납니다.

흘려 쓰거나 갈겨쓴 글자가 단 하나도 없었습니다. 한 분은 연필로 한 자 한 자 눌러쓰셨지요. 마치 초등학교에 들어가 처음 한글을 배워 받아쓰기를 하듯 또박또박했습니다. 한 분당 분량도 두꺼운 대학노트 5~7권이었습니다. 한 줄 한 줄이 모두 하느님의 말씀인 것은 진작 알았지만 그저 말로만 알았을 뿐입니다. 그때처럼 필사의 힘이, 성경의 구절구절이 대단한지 몰랐지요. 그냥(?) 성경을 필사한 것뿐인데 읽는 내내 저는 새로운 '감동'과 '은혜'가 가슴속에 밀려왔습니다. 읽는 제가 그러한데 하물며 직접 필사하신 분들은 오죽하겠습니까.

법정 스님이 입적하신 지 15년이 됩니다. 샘터는 그간 스님의 글 모음집인 『스스로 행복하라』를 냈고 이어 말씀의 모음, 『진짜 나를 찾아라』를 발간했습니다. 법정 스님의 말씀과 글이 모두 샘터에서 다시 정리된 셈이지요. 물론 지금껏 쓰신 모든 글, 하신 모든 말씀이 다 모여진 것은 아니지만 법정 스님이 늘 거듭 강조하신 중요한 내용들은 빠짐없이 정리되었다고 자부합니다.

　이제 그 말씀과 글 중에서도 핵심적인 138개 문장을 뽑았습니다. 필사를 위해서지요. 법정 스님의 말씀이지만 불경의 말씀과 하나도 다르지 않습니다. 더구나 스님은 불경보다 우리의 오감에 더 와닿을 수 있도록 쉽고 부드럽게 일러 주시고, 때로는 채찍보다 더 강한 펀치로 일침을 놓으십니다.

　"사람의 심성은 마치 샘물과 같아서 퍼낼수록 맑게 고인다. 퍼내지 않으면 흐리고 상한다. 주는 일 그 자체가 받는 일이므로, 받기 위해서가 아니라 그저 주고 싶어 줄 뿐이다. 사람은 이와 같은 행위를 통해 우리들 안에 잠들어 있는 인간을 불러일으킬 수 있다."

　(「나누어 가질 때 인간이 된다」, 『스스로 행복하라』)

"세상과 내가 하나를 이루려면 어떻게 해야 할까요? '나는 누구인가?' 스스로 물으세요. 자신의 안에 들어 있는 얼굴이 온전히 드러날 때까지 묻고 또 물어야 합니다. 건성으로 묻지 말고 목소리 속의 목소리가 귓속의 귀에 닿을 때까지 간절하게 물으세요. 해답은 그 물음 속에 들어 있습니다. 묻지 않고는 해답을 이끌어 낼 수 없어요. '나는 누구인가?' 거듭거듭 물으세요."

(「인간을 벗어나 자연으로 돌아가라」, 『진짜 나를 찾아라』)

　법정 스님의 말씀과 글을 필사하기로 결심한 모든 분이 문장들을 거듭거듭 되뇌며 성불(成佛)에 이르시기를 빕니다. 그러나 너무 한꺼번에 필사만 하지 마시고 가까이, 때론 멀리, 한숨 쉬면서 산수화를 그리듯 필사해 보시기 바랍니다.

　　　　　　　　　　　　　　샘터 발행인 김성구

차례

**2 사람의 심성은 마치 샘물과 같아서
퍼낼수록 맑게 고인다**

**3 새가 깃들지 않는 숲을
생각해 보라**

4 우리가 사는 것은
바로 지금 여기다

5   불필요한 것으로부터
얼마만큼 홀가분해져 있는가

**6   지식은 머리에서 자라나지만
지혜는 마음에서 움튼다**

7 진정한 삶을 살아가려는 사람
누구에게나 출가 정신이 필요하다

8 느리게 시를 읽으면
속도에 지친 몸과 마음이 쉴 수 있다

9 고무신 신고 나긋나긋하게 걸어야
비로소 주변의 풍경이 마음에 스며든다

1

오로지 인간다운
행위에 의해서
거듭거듭 인간으로
형성되어 간다

사람에게는 저마다
자기 그릇이 있다

사람은 자기 몫의 삶을 살 줄 알아야 합니다.
사람에게는 저마다 자기 몫의 삶, 자기 그릇이
있습니다. 따라서 자기 그릇에 자기 삶을
채워 가며 살아야지, 남의 그릇을 넘본다든가
자기 삶을 이탈하고 남의 삶처럼 살려고 하면
그건 잘못 살고 있는 것입니다. 왜냐하면
사람은 저마다 각기 다른 특성을 지니고
있기 때문입니다. 태어날 때 홀로 태어나듯이
저마다 독특한 자기 특성이 있기 때문에 누구를
닮으려고 하면 자기 삶 자체가 어디로 사라지고
맙니다.

얼굴이란
무엇인가

얼굴이란 무엇입니까. 그것은 '얼의 꼴',
즉 우리 정신의 탈입니다. 자기가 신체적인
행동이나 말씨, 생각으로 순간순간 익혀 온
업(業)이 밖으로 드러난 모습입니다. 그것이 바로
얼굴입니다. 그렇기 때문에 그 많은 사람들이
제각기 다른 얼굴을 하고 있는 것입니다.

듣는다는
것

홀로 있으면 비로소 내 귀가 열리기 때문에
무엇인가를 듣는다. 새소리를 듣고 바람 소리를
듣고 토끼나 노루가 푸석거리면서 지나가는
소리를 듣는다. 꽃 피는 소리를, 시드는 소리를,
지는 소리를, 그리고 때로는 세월이 고개를
넘으면서 한숨 쉬는 소리를 듣는다. 그러므로
듣는다는 것은 곧 내 내면의 뜰을 들여다보는
일이다.

스스로 행복하라
소리 없는 소리

침묵과
　　　말

귀 기울여 듣는다는 것은 침묵을 익힌다는

말이기도 하다. 침묵은 더 말할 것도 없이

자기 내면의 바다이다.

말은, 진실한 말은 내면의 바다에서 자란다.

자기 언어를 갖지 못하고 남의 말만 열심히

흉내 내는 오늘의 우리는 무엇인가.

태어났다고 다
인간이 되는 것은 아니다

사람은 태어날 때부터 인간이 되어 있는 것은
아니다. 하루하루 살아가면서 그가 하는 행위에
의해 인간이 될 수도 있고, 혹은 비인간으로
타락할 수도 있다. 오로지 인간다운 행위에
의해서 거듭거듭 인간으로 형성되어 간다.

'인간다운 행위'와 관련하여, 법정 스님은 관계를 통해서 비로소
사람이 될 수 있다며 우선 나누어 가질 수 있어야 한다고 말씀한다.
"한 개인 속에 깃들여 있으면서도 개인보다 더 큰 존재,
자기중심이 아니라 나와 남을 하나로 보는 인간 정신이
우리를 인간의 길로 이끈다."

온전한 사람이
되려면

분명히 새겨 두십시오. 불교는 부처님을 믿는
종교가 아닙니다. 인과 관계를 비롯한
우주 질서와 존재의 실상을 철저히 인식하고
본래의 자아에 눈떠 온전한 사람이 되는
길입니다.
온전한 사람이 되려면 무엇보다도 먼저 자기
자신을 알아야 합니다. 자기 자신을 알고자
한다면 스스로를 면밀히 지켜보십시오.

자신의 생각과 말씨, 혹은 걸음걸이와 먹는 태도,
운전 습관, 그리고 남을 미워하고 시기하는
그 마음을 자세히 살펴보십시오. 마음의
움직임을 살피는 이 과정에서 순간순간 삶의
실체를 발견하게 될 것입니다. 안으로 살피고
지켜보는 일이 없다면 우리들의 마음은 거친
황무지가 되고 말 것입니다.

진리를
배운다는 것

"진리를 배운다는 것은 자기를 배움이다.

자기를 배운다는 것은 자기를 잊어버림이다.

자기를 잊어버린다는 것은 자기를 텅 비우는 일이다.

자기를 텅 비울 때 비로소 체험의 세계와 하나가 되어

타인이나 객관적인 사물과 대립하지 않고

해탈한 자기를 알게 된다."

법정 스님이 어느 선사의 말씀이라고 밝힌 이 글에서
'해탈한 자기'란 본래적인 자기, 부분이 아닌
전체인 자기를 가리킨다고 말씀한다.

세월의
얼굴

계절에는 얼굴이 있습니다. 봄의 얼굴은 꽃이고,
여름의 얼굴은 무성히 핀 잎입니다. 가을이면
또 결실을 맺지 않습니까? 가을의 얼굴은
열매입니다. 또 세월에도 얼굴이 있습니다.
계절의 얼굴이 꽃이고 잎이고 열매라면, 세월의
얼굴은 흔적이 될 수 있습니다. 흔적은 세월이
우리의 삶에 남긴 시간을 상징합니다.
이 상징들은 우리의 경험이고 성취이고 또한
변화를 보여 줍니다.

자기 자리를
잘 지켜라

사람은 저마다 세상에 하나밖에 없는 얼굴을
지닌 존재입니다. 우리라는 존재가 이 지구에
불려 나온 것은 왜일까요. 자기의 특성을
실현하라고, 내보이라고, 그런 깊은 뜻이 있는
것은 아닌가 생각해 봅니다. 자기 특성을
실현하기 위해서는 어떻게 해야 할까요.
꼭 뛰어난 능력을 선보이라는 그런 의미는
아닐 겁니다.

자기 분수에 맞게, 자기 틀에 맞게 행동하라는
의미일 것입니다. 자기 자리를 잘 지키라는
것입니다. 남의 자리를 차지하려고 든다거나,
남의 거죽을 흉내 내려고 한다면 이도 저도 아닌
얼굴이 됩니다. 저마다 특색을 타고났기 때문에
남의 얼굴을 닮으려고 해서는 안 됩니다. 남의
얼굴을 따라 해서도 안 됩니다.

자기다운
얼굴

자기 얼굴을 지니려면 자기답게 살 수 있어야
합니다. 자기답게 살아야 자기 얼굴이 형성돼요.
처음 어머니한테 받은 얼굴은 아직 완성된 것이
아닙니다. 비유하자면 반죽이 아직 덜 굳은
상태입니다. 이 반죽을 빚고 다듬어 아름다운
형상을 갖추는 것은 나의 몫입니다. 여기서 제가
아름다움이라고 했다 해서 이를 미추(美醜)로
이해할 분은 안 계시겠습니다만, 굳이 강조해
말씀을 드리자면 제가 말하는 아름다움은
자기다움입니다.

세상을 살아가면서 스스로 자기 얼굴을 자기가
형성하는 겁니다. 자기답게 살아야 자기다운
얼굴을 갖출 수 있는 것이지, 자기답게 살지
못하고 남을 닮으려고 하면 자기 얼굴을 가질
수가 없는 겁니다. 자기 얼굴은 그 누구도 아닌
자기 자신이 만드는 겁니다. 그 얼굴이 소중한
것입니다.

얼의

꼴

본디 얼굴에는 어떤 표정도 있는 게 아닙니다.
하지만 자기다운 삶을 살면 자신만의 표정이
나타납니다. 기본을 지니고 마음의 안정을
이루고 지혜롭게 살 때 진정한 자기 얼굴,
얼의 꼴을 이룰 수 있습니다.

진정한

아름다움

진정한 아름다움은 내면에서 비롯되는 것입니다.
너그러움과 선량함이 그런 것들입니다. 그리고
지혜로움이 내면에서 발산되어 밝아질 때
아름다운 얼굴이 됩니다.

마음의
창

우리가 명심해야 할 것은 외모가 아니라,
마음가짐과 행동입니다. 얼굴은 마음의
창(窓)입니다. 선량함과 너그러움을 지닌 얼굴은
주위 사람들에게 영감과 안정감을 줄 뿐만
아니라 모두 함께 아름다움을 발산할 수 있도록
합니다.
온화한 미소를 머금고 있는 얼굴, 세상을 향해
활짝 열린 얼굴, 탐욕을 버린 얼굴, 너그럽고
덕스러운 얼굴, 지혜로 빛나는 얼굴, 이러한
얼굴들이 진정 아름다운 내면입니다.

어떤 사람이든 그 얼굴에는 그의 내면이
반영됩니다. 그래서 얼굴 하나만으로도 사람의
성품과 내적인 세계를 엿볼 수 있습니다.
그렇기에 아름다운 얼굴은 그 사람의 선량한
마음가짐과 지혜로움 그리고 인내와 이해심을
모두 나타냅니다.

나는
누구인가

세상과 내가 하나를 이루려면 어떻게 해야
할까요? "나는 누구인가?" 스스로 물으세요.
자신의 안에 들어 있는 얼굴이 온전히 드러날
때까지 묻고 또 물어야 합니다. 건성으로 묻지
말고 목소리 속의 목소리가 귓속의 귀에 닿을
때까지 간절하게 물으세요. 해답은 그 물음 속에
들어 있습니다. 묻지 않고는 해답을 이끌어 낼 수
없어요. "나는 누구인가?" 거듭거듭 물으세요.

주인이
되어라

임제 선사 법문에 "수처작주(隨處作主)
입처개진(立處皆眞)."이라는 말이 있습니다.
"임하는 곳마다 주인이 되어라. 그러면 임하는
모든 곳이 참되리라." 이런 뜻입니다. 쉽게
말하면 주인이 되라는 거예요. 어느 곳에 가든
그곳의 주인이 되라는 겁니다. 주인이 된다는
것은 능동적이고 주체적으로 살라는 뜻입니다.
그러면 그가 몸담고 있는 그 자리가 바로 법계가
되고 진리의 세계가 되는 것입니다.

진짜 나를 찾아라
참다운 구도자가 되는 길

임제 선사는 중국 당나라의 선승으로 임제종의 개조이다.
그의 언행을 담은 『임제록』이 있다.
법정 스님은 그를 '내 삶에 영향을 끼친 스승' 중 한 분으로 꼽는다.

2

사람의 심성은 마치

샘물과 같아서

퍼낼수록

맑게 고인다

그런 사람과는
때때로 만나야 한다

우리가 진정으로 만나야 할 사람은 그리운
사람이다. 한 시인의 표현처럼 '그대가 곁에
있어도 나는 그대가 그립다'는 그런 사람이다.
곁에 있으나 떨어져 있으나 그리움의 물결이
출렁거리는 그런 사람과는 때때로 만나야 한다.
그리워하면서도 만날 수 없으면 삶에 그늘이
진다. 그리움이 따르지 않는 만남은 지극히
사무적인 마주침이거나 일상적인 스침이고
지나감이다. 마주침과 스침과 지나감에는 영혼에
메아리가 없다. 영혼에 메아리가 없으면 만나도
만난 것이 아니다.

스스로 행복하라
화전민의 오두막에서

'그대가 곁에 있어도 나는 그대가 그립다'는
류시화 시인의 시 제목으로
1991년에 출간한 첫 번째 시집 제목이기도 하다.

함께 사는
기쁨

난로 굴뚝 터진 모서리에 깃을 치고 사는 박새를
보면서 지나온 내 보금자리를 뒤돌아보았다.
나도 저 박새처럼 무심할 수 있다면 그 어디에도
집착함이 없이 홀가분하게 살겠구나 싶다.
저 박새가 알을 까 새끼를 데리고 보금자리를
떠나갈 때까지는, 보리누름에 추위가 있더라도
난로에 불을 지필 수가 없겠다. 내가 오늘
그 보금자리를 보았으니, 그것을 지키고 보살필
책임이 내게 주어진 것이다.
보는 자에게는 책임이 따른다. 그리고 그 속에서
함께 사는 기쁨도 누린다.

'보리누름'은 보리가 누렇게 익는 철을 뜻한다.
속담 '보리누름까지 세배한다'는 보리가 누렇게 익을 무렵
즉 사오월까지도 세배를 한다는 뜻으로,
형식적인 인사 차림이 너무 과함을 이르는 말이다.

산중에 사는 이웃을
찾아온 손님

몹시 추웠던 한 해 겨울, 눈까지 잔뜩 내려 쌓인
밤이었다. 그때는 덧문이 없던 시절이라 외풍이
심해 깊은 잠을 못 이루고 있는데, 뒷문께에서
무슨 소리가 들렸다. 무슨 소린가 해서 문을
열자 풀쩍 잿빛 산토끼가 한 마리 방 안으로
뛰어들었다. 순간 깜짝 놀랐었다. 춥고 배고파서
산중에 사는 이웃을 찾아온 손님을 흔연히
맞이했다. 광에서 고구마를 내다가 주고 하룻밤
재워서 보낸 일이 있다.

인간다운
행위

인간다운 행위란 무엇일까? 우선 나누어
가질 수 있어야 한다. 타인과 함께 나누어
가져야 '이웃'이 될 수 있고, 인간적인 관계가
이루어진다. 사람은 독립적인 존재가 아니다.
관계를 통해서 비로소 사람이 될 수 있다.
우리들의 삶이 곧 관계이기 때문이다. 우리들은
관계에 의해 존재하고 우리들의 관계는 인간을
심화시킨다.

사랑한다는 것은
주는 일이다

사랑한다는 것은 곧 주는 일이요, 나누는
일이다. 주면 줄수록, 나누면 나눌수록 넉넉하고
풍성해지는 마음이다. 받으려고만 하는 사랑은
곧 포만하여 시들해지게 마련이다. 우리들
마음속 깊이 깃든 사랑의 신비는 줄 때에만 빛을
발한다. 그러니 우리가 누구를 사랑한다는 것은
우리 마음속에 깃든 가장 아름답고 어진 인간의
뜰을 가꾸는 일이 된다.

사람의 심성은 마치 샘물과 같아서 퍼낼수록
맑게 고인다. 퍼내지 않으면 흐리고 상한다.
많이 줄수록 많이 받는다. 주는 일 그 자체가
받는 일이므로, 받기 위해서가 아니라 그저 주고
싶어 줄 뿐이다. 사람은 이와 같은 행위를 통해
우리들 안에 잠들어 있는 인간을 불러일으킬 수
있다.

낯선 타인을
사랑함으로써

자기 자신과 가족을 아끼고 사랑하는 일쯤은
짐승도 할 수 있다. 사람이기 때문에 낯선
타인까지도 사랑으로 그들의 일에 관계를
가지려는 것이다. 남을 사랑함으로써
자기중심적인 아집에서 벗어날 수 있고,
'닫힌 내'가 '활짝 열린 나'로 눈을 뜰 수 있다.
내 마음이 열려야 열린 세상과 하나가 된다.

내 존재의 영역이 널리 확산됨으로써

나의 세계가 그만큼 넉넉하게 형성되어 간다.

마음이 열려야 사람 속에서 인간을 캐낼 수 있고,

중생 속에 잠든 불성을 일깨울 수 있으며,

우리 마음속에 있는 하느님을 볼 수 있다.

사심 없는
무심한 마음

사심이 없는 무심한 마음은 그러한 마음끼리
서로 통한다. 한 나무에서 새와 사람이 서로 믿고
사이좋게 지낼 수 있는 것도 그 마음에 때가 끼어
있지 않아서이다. 아시시의 성 프란체스코에게
새들이 날아와 어깨와 팔에 내려앉는가 하면
서로 말을 주고받을 수 있었던 것도 생명이
지니고 있는 가장 내밀한 천진 면목이 그대로
드러난 소식이다.

가톨릭교회의 성인 프란체스코(1182~1226)는
이탈리아 아시시 출신으로 프란체스코 수도회를 창립했으며
청빈주의를 기본으로 수도 생활의 이상을 실현했다.

성공한

인생

어떤 삶을 성공한 인생이라고 할 수 있을까요?
자기 인생에서 성공한 사람은 누구일까요?
돈을 많이 벌고 명예가 드높은 지위에 오른
사람일까요? 물론 그도 성공한 인생입니다.
그러나 보다 본질적인 의미에서 성공한 인생을
꼽으라고 하면 자식들로부터 존경받는 부모가
되는 것입니다. 존경받는 부모가 되려면 자식
농사를 잘 짓고 또 그 열매를 잘 거두어야
합니다. 씨만 뿌려 놓고 그 씨를 잘 돌보지
않는다면 좋은 열매를 거둘 수 없습니다.

수많은 생을 두고 쌓은 인연

좋은 부부의
삶

좋은 부모가 되려면 또 좋은 부부의 삶을 살아야
합니다. 좋은 부부의 삶은 대화로 이루어집니다.
사랑이 담겨 있는 대화로 이루는 것입니다.
대화는 정(情)을 표시하는 것입니다. 좋아하는
사이끼리 만나면 서로 얘기를 해요. 그런데
미운 사람들 만나면 입을 다물어 버리잖아요.
말문이란 그런 거예요. 마음을 활짝 열어
그 안에 쌓아 두었던 것을 다 내보내는
것입니다. 그게 사랑이고 우정이죠. 대화를
통해 흩어진 인간관계를 회복해야 합니다. 특히
부부의 연은 나이가 들수록 더 중요합니다.

진짜 나를 찾아라
수많은 생을 두고 쌓은 인연

대화를
할 때는

대화를 할 때는 상대방의 생각을 바꾸려고 하지
말아야 합니다. 대화는 토론이 아니라 서로
의견을 나누는 겁니다. 상대방을 설득하려는
것은 대화가 아닙니다. 논쟁하지 말아야 합니다.
마음과 느낌을 나눔으로써 오해가 풀리고
이해의 문이 열립니다. 우리는 얼마나 많은
오해 속에서 살고 있습니까? 상대가 아무 저의
없이 말하더라도 '도대체 무슨 생각으로 저리
말하나?' 이렇게 의구심을 품을 때가 있지
않습니까? 그러면 대화가 안 되는 거예요.
대화가 안 되는데 소통이 될 리가 없지요.

대화에는 이기고 지는 일이 있을 수 없어요.
내 마음을 상대방에게 전하고 상대방의 마음을
내가 받아들이는 것, 이것이 대화입니다. 우리는
자신의 마음을 상대방이 받아들일 때 우리
자신을 받아들이는 걸로 생각해요. 또 자신의
마음이 거절당할 때 자기 자신이 거절당한 걸로
생각합니다. 내 자신이 받아들여지는 것 같으면
기분이 좋아지고 창의력이 높아져요. 묵살되거나
거절당하면 주눅이 들고 맙니다. 그러면
창조적인 관계를 만들 수 없습니다. 이와 같이
마음을 통해서 사람 사이가 가까워지기도 하고
멀어지기도 합니다.

또 처지를 바꿔 생각해야 돼요. 자기 입장만
생각하고 자기 위주로 문제를 해결하려고 하면
마찰이 생길 수밖에 없습니다. 서로 어울려
사는 세상이기 때문에 자기 생각만 고집하지
말고 상대방 입장에서 생각해야 합니다. 그러면
새로운 문이 열립니다. 이 문을 통해 우리는
또 다른 세상, 또 다른 생각과 만날 수 있습니다.

진짜
사랑

진정한 사랑은 신성한 것입니다. 가슴 부푸는
일입니다. 하지만 많은 경우에 사랑은 덧없이
날아가기도 합니다. 모두 다 그런 것은
아니겠지만 사랑을 소유처럼 여기기도 합니다.
그건 사랑이 아니에요. 서로 얽어매는 것일
뿐입니다. 진짜 사랑은 남자와 여자, 남편과
아내가 대등한 인격체로서 마주 서야 하는
것입니다. 인격과 인격의 관계인 것입니다.

좋은 관계,
나쁜 관계

좋은 관계, 나쁜 관계는 어디서 오는 것인가요?
바깥이 아니라 안에서 오는 것입니다. 내 마음을
어떻게 먹느냐에 따라 좋은 친구를 얻을 수
있습니다. 이 말은 곧 내가 그의 좋은 친구가
되었다는 뜻이기도 합니다. 이웃을 기쁘게 하면
내 자신도 기쁩니다. 이웃을 슬프게 하면
내 자신도 고통스러워집니다. 마음은 메아리이기
때문입니다. 이웃에 따뜻한 마음을 기울이면,
그 이웃을 행복하게 할 뿐 아니라 내 자신의
내적인 평안도 함께 누릴 수 있습니다. 이것은
관념적인 종교의 세계가 아닌 인간의 본성에
관한 것입니다.

미운 사람을 위해
기도하라

어떤 사람이 좀 얄밉다, 밉상이다, 그런 마음이
들면 오히려 그 사람을 위해서 기도를 하세요.
그 사람은 내 마음을, 내 한 생각을 돌이키게
하는 선지식이니까요. 선지식이라고 하면
무슨 머리로 쌓는 지식이라 생각하는 분들도
있던데, 여기서 말하는 선지식은 바른 도리를
가르치는 사람이라는 뜻입니다. 즉 스승입니다.
선지식이라는 존재가 무슨 야단스러운 것이
아닙니다. 나에게 깨우침을 주면 그가 바로
선지식입니다. 내 남편이, 내 아내가, 내 자식이
나에게 선지식이 될 수 있습니다.

홀로 있는 것과

함께 살아가는 것

사람의 기본을 이루는 구조는 세상에 있습니다.
세상에 있다는 것은 함께 있다는 뜻입니다. 홀로
살아가는 것이 아니고 같이 살아가는 것입니다.
하지만 홀로 있는 시간과 같이 살아가는 공동체
의식이 배치되는 것은 아닙니다. 개인으로서는
혼자만의 시간으로 성찰을 해야 하고, 집단 속의
일원으로서는 공동체의 발전에 협력해야 하는
것입니다.

사람과
사람 사이

다시 인간의 품위와 인성을 회복해야 합니다.
인간이란 무엇입니까? 표현 그대로 사람과
사람 사이를 말하는 것입니다. 사람 인(人) 자가
지시하는 것은 서로 기대어 있음, 즉 의지를
뜻하는 것입니다. 우리가 살아가는 세상은
혼자가 아닌, 서로에게 기대어 함께 이루어지는
세상입니다. 우리에게는 의지할 대상이
있습니다. 바로 주변 사람들입니다. 가족, 친구,
동료, 그리고 우리가 만나는 모든 사람이 서로의
삶을 채우는 존재들입니다.

3

새가
깃들지 않는 숲을
생각해 보라

자연은
위대한 교사이다

자연은 우리에게 위대한 교사(敎師)입니다.
우리들에게 그냥 주어져 있는 나무나 풀이나 산
또는 강이 아니라, 우리에게 많은 것을 베풀어
주면서 또한 많은 것을 가르쳐 주는 훌륭한
교사입니다. 그렇기 때문에 자연을 가까이하면
사람이 자기 본래의 모습과 자기가 설 자리를
잃지 않습니다.

반면에 자연을 멀리하게 되면, 우리 스스로의
삶 자체가 부자연스럽게 됩니다. 그러므로 기회
있는 대로 자연과 접할 수 있어야 합니다.
사람 말을 듣는 것은 그리 대단한 일이 아닙니다.
누구나 할 수 있는 얘기고, 생각하면 알 수 있는
일들이지만, 자연은 우리가 찾아 나서지 않으면
접할 기회가 없습니다.

생명의
신비

우리 곁에서 꽃이 피어난다는 것은 얼마나
놀라운 생명의 신비인가. 곱고 향기로운 우주가
문을 열고 있는 것이다. 잠잠하던 숲에서 새들이
맑은 목청으로 노래하는 것은 우리들 삶에
물기를 보태 주는 가락이다. 이런 일들이 내게는
그 어떤 정치나 경제 현상보다 훨씬 절실한
삶의 보람으로 여겨진다. 새벽 달빛 아래서
매화 향기에 귀를 기울이고 있으면 내 안에서도
은은히 삶의 신비가 배어 나오는 것 같다.

숲을 스치는
바람 소리

불일암에서는 바람 소리를 들으면서 살았는데,
새로 옮겨 온 이곳에서는 늘 시냇물 소리를
들어야 한다. 산 위에는 항시 바람이 지나간다.
그러나 낮은 골짜기에는 바람 대신 시냇물이
흐른다.

물소리 바람 소리가 똑같은 자연의 소리인데도
받아들이는 느낌은 각기 다르다. 숲을 스치고
지나가는 바람 소리에 귀를 기울이고 있으면,
때로는 사는 일이 허허롭게 여겨져 훌쩍
어디론지 먼 길을 떠나고 싶은 그런 충동을
느낄 때가 있다. 그리고 폭풍우라도 휘몰아치는
날이면 스산하기 그지없어 내 속은 거친 들녘이
된다.

촉촉하고 풍성한
물소리

바람 소리가 때로는 까칠까칠 메마르고 허전하게
들리는 것과는 달리, 물소리는 어딘지 촉촉하고
풍성하게 들리는 것 같다. 그리고 한없이
무엇인가를 씻어 내는 것처럼 들리기도 한다.

겨울 산이 적막한 것은
추위 때문이 아니라

달력 위의 3월은 산동백이 꽃을 피우고 있지만,
내 둘레는 아직 눈 속에 묻혀 있다. 그래도
개울가에 나가 보면 얼어붙은 그 얼음장 속에서
버들강아지가 보송보송한 옷을 꺼내 입고 있다.
겨울 산이 적막한 것은 추위 때문이 아니라 거기
새소리가 없어서일 것이다. 새소리는 생동하는
자연의 소리일 뿐 아니라 생명의 흐름이며
조화요 그 화음이다.

나는 오늘 아침, 겨울 산의 적막 속에서 때아닌
새소리를 듣는다. 휘파람새와 뻐꾸기와 박새,
동고비, 할미새와 꾀꼬리, 밀화부리, 산비둘기.
그리고 소쩍새와 호반새 소리에 눈 감고
숨죽이고 귀만 열어 놓았었다.

스스로 행복하라

새들이 떠나간 숲은 적막하다

문득 매화
소식이 궁금하다

영롱한 구슬이 도르르 구르는 것 같은 호반새
소리를 듣고 있으니, 불일암의 오동나무가
떠오른다. 호반새는 부리와 발과 깃털 할 것 없이
몸 전체가 붉은색을 띤 여름 철새다. 초입의
그 오동나무에는 새집이 네 개나 아래서 위로
줄줄이 뚫려 있는데, 초여름이 되면 딱따구리가
새끼를 치기 위해 부리로 쪼아 뚫어 놓은
구멍이다.

그런데 번번이 이 호반새가 와서 남이 애써
파 놓은 집을 염치없이 차지하고 집주인 행세를
한다. 사람으로 치면 뻔뻔스러운 집 도둑인
셈이다. 그렇다 하더라도 그 목청만은 들을
만하다.

남녘에는 지금쯤 매화가 피어나겠다. 매화가 필
무렵이면, 꼬리를 까불까불하면서 할미새가 자주
마당에 내려 종종걸음을 친다. 할미새 소리를
듣고 있으니 문득 매화 소식이 궁금하다.

법정 스님은 "승주 선암사의 매화가 볼만하다.
돌담을 끼고 늘어선 해묵은 매화가 그곳 담장과
아름다운 조화를 이루고 있다. 그 고풍스러운 자태가 의연하고
기품 있는 옛 선비의 기상을 연상케 한다"라고 덧붙인다.

스스로 행복하라
새들이 떠나간 숲은 적막하다

새소리가
사라져 버린다면

우리 곁에서 새소리가 사라져 버린다면 우리들의
삶은 얼마나 팍팍하고 메마를 것인가. 새소리는
단순한 자연의 소리가 아니라 생명이 살아서
약동하는 소리요 자연이 들려주는 아름다운
음악이다. 그런데 이 새소리가 점점 우리 곁에서
사라져 가고 있다. 안타까운 일이다.

자연의 생기와
그 화음

새가 깃들지 않는 숲을 생각해 보라. 그건 이미
살아 있는 숲일 수 없다. 마찬가지로 자연의
생기와 그 화음을 대할 수 없을 때, 인간의 삶
또한 크게 병든 거나 다름이 없다.

빈 가지로
묵묵히 서 있는 나무들

뜰가에 서 있는 후박나무가 마지막 한 잎마저
떨쳐 버리고 빈 가지만 남았다. 바라보기에도
얼마나 홀가분하고 시원한지 모르겠다. 이따금
그 빈 가지에 박새와 산까치가 날아와 쉬어 간다.
부도 앞에 있는 벚나무도 붉게 물들었던 잎을
죄다 떨구고 묵묵히 서 있다. 우물가 은행나무도
어느새 미끈한 알몸이다.
잎을 떨쳐 버리고 빈 가지로 묵묵히 서 있는
나무들을 바라보고 있으면, 내 자신도 떨쳐 버릴
것이 없는지 되돌아보게 된다.

덧없는 꽃이여,
목숨이여

빗속에 태산목꽃이 피었다가 지곤 한다.
그저께 아침 피어난 상앗빛 꽃송이가 그날
저녁 무렵에는 오므리더니 어제는 그대로 열린
채 밤을 맞이했다. 오늘 종일 비를 맞으면서
마지막 향기를 내뿜고 있다. 내일이면 빛도
바래고 향기도 사라질 것이다. 덧없는 꽃이여,
목숨이여!

태산목은 목련과의 상록 활엽 교목으로 높이는 20미터 정도이며,
목련과 비슷하나 꽃과 잎이 크다. 5~6월에 가지 끝에 흰 꽃이 피고
9~10월에 열매가 붉게 익는다.

비가 오거나
바람이 불지라도

안개비가 이제는 굵은 빗줄기로 바뀌었다.
안개는 저 아래 골짜기에 머물러 있다. 이런
빗속에서도 태산목에는 꽃 한 송이가 새로
피어났다. 내 눈에는 나무에 피는 꽃 중에서
이 태산목꽃이 가장 정결하고 기품이 있고 좋은
향기를 지닌 것 같다. 꽃이파리 하나가 꽃술을
우산처럼 받쳐 들고 있는 걸 볼 때마다 생명의
신비 앞에 숙연해진다. 일단 피어나기로 작정한
이상 비가 오거나 바람이 불지라도 피고야 마는
꽃의 생태에서, 게으른 사람들은 배울 것이 많다.

새벽
빗소리

새벽에 비 내리는 소리를 듣고 잠에서 깨어났다.
머리맡에 소근소근 다가서는 저 부드러운
발자국 소리. 개울물 소리에 실려 조용히 내리는
빗소리에 귀를 기울이고 있으면 살아 있는
우주의 맥박을 느낄 수 있다.
새벽에 내리는 빗소리에서 나는 우주의 호흡이
내 자신의 숨결과 서로 이어지고 있음을
감지한다. 그 무엇에도 방해받지 않는 자연의
소리는, 늘 들어도 시끄럽거나 무료하지 않고
우리 마음을 그윽하게 한다.

처마 끝의
풍경

바람을 마시고 사는 처마 끝의 풍경이 자기도
집 안으로 좀 들어갈 수 없느냐고 이따금
오들오들 떨면서 땡그랑거린다. 업이 달라
어떻게 해 줄 수 없는 처지가 안타깝다. 하지만
땡그랑거리는 그 소리가 오두막의 주인에게는
적잖은 위로와 파적(破寂)이 된다. 바람이 없는
집 안에서는 풍경은 한시도 살아 있을 수가 없다.

1992년에 법정 스님은 모든 것을 버리고
다시 한번 출가하는 마음으로 불일암을 떠나
강원도 산골 화전민이 버리고 떠난 오두막으로 거처를 옮긴다.

산과 바다가
알맞게 어울릴 때

산은 산대로 바다는 바다대로 그 얼굴이 있다.
산에 갇히면 든든하긴 하지만 막히기 쉽고,
바다에서 놀면 툭 트인 맛은 있지만 무료하거나
자칫 허황해지기 쉽다. 산과 바다가 알맞게
어울릴 때 의지와 감성의 조화를 이루지 않을까
하는 생각을 했었다.

눈이
내린다

며칠 전부터 연일 눈이 내린다. 장마철에 날마다
비가 내리듯 그렇게 눈이 내린다. 한밤중 천지는
숨을 죽인 듯 고요한데 창밖에서는 사분사분
눈 내리는 소리가 들린다. 이따금 앞산에서
우지직 나무 꺾이는 소리가 잠시 메아리를
이룬다. 소복소복 내려 쌓인 눈의 무게를 이기지
못해 생나무 가지가 찢겨 나가는 것이다.

영원히 시들지 않는
생명의 기쁨

꽃은 묵묵히 피고 묵묵히 집니다. 다시 가지로
돌아가지 않습니다. 그때 그곳에 모든 것을
내맡깁니다. 그것은 한 송이 꽃의 소리요, 한
가지 꽃의 모습. 영원히 시들지 않는 생명의
기쁨이 후회 없이 거기서 빛나고 있습니다.

4

우리가 사는 것은

바로 지금

여기다

바로 지금이지
다시 시절은 없다

'바로 지금이지 다시 시절은 없다.'는 말. 한번
지나가 버린 과거를 가지고 되씹거나 아직
오지도 않은 미래에 기대를 두지 말고, 바로 지금
그 자리에서 최대한으로 살라는 이 법문을 대할
때마다 나는 기운이 솟는다. 우리가 사는 것은
바로 지금 여기다. 이 자리에서 순간순간을
자기 자신답게 최선을 기울여 살 수 있다면,
그 어떤 상황 아래서라도 우리는 결코 후회하지
않을 인생을 보내게 될 것이다.

'바로 지금이지 다시 시절은 없다',
즉시현금 갱무시절(卽時現金 更無時節)은
임제 선사의 말씀이다.

밤이 깊었다. 법당에서 삼경(三更) 종을 친 지도
한참이 되었다. 다시 들려오는 밤 시냇물 소리,
마치 비가 내리는 소리 같다. 잠시도 멈추지
않고 시냇물은 흐르고 또 흘러서 바다에 이른다.
우리들 목숨의 흐름도 합일의 바다를 향해
그처럼 끝없이 흘러갈 것이다.

미련 없이
떨쳐 버리는 용기

일상의 소용돌이에서 한 생각 돌이켜 선뜻
버리고 떠나는 일은 새로운 삶의 출발로
이어진다. 그렇기 때문에 비슷비슷한
되풀이로 찌들고 퇴색해 가는 범속한 삶에서
뛰쳐나오려면, 나무들이 달고 있던 잎을
미련 없이 떨쳐 버리는 그런 결단과 용기가
있어야 한다.

한 해가 기우는 마지막 달에 자기 몫의 삶을
살고 있는 우리는 저마다 오던 길을 한 번쯤
되돌아볼 수 있어야 한다. 지금까지의 삶에
만족하고 있다면 그는 새로운 삶을 포기한
인생의 중고품이나 다름이 없다. 그의 혼은
이미 빛을 잃고 무디어진 것이다. 우리가
산다는 것은 끝없는 탐구이고 시도이며
실험이다. 그런데 이 탐구와 시도와 실험이
따르지 않는 삶은 이미 끝난 것이나 다름이
없다.

빠져나가는
세월

해가 바뀌면 우리는 원하건 원하지 않건
이 육신의 나이를 하나씩 더 보태게 된다.
어린이나 젊은이는 나이가 하나씩 들어 가는
것이고, 한창때를 지난 사람들에게는 한 해석
빠져나가는 일이 된다. 이것은 누구에게나
해당되는 자연현상이다. 빠져나가는 세월을
아쉬워하고 허무하게 생각할 게 아니라 주어진
삶을 순간순간 어떻게 쓰고 있느냐에 보다
관심을 가져야 한다.

조화로운
삶

"어떤 일이 일어나도 당신이 할 수 있는 한
최선을 다하라.
결코 마음의 평정을 잃지 말라.
당신이 좋아하는 일을 찾으라.
집, 식사, 옷차림을 검소하게 하고
번잡스러움을 피하라.
날마다 자연과 만나고, 발밑의 땅을 느껴라.

미국의 경제학자이자 자연주의자인 스콧 니어링(1883~1983)이 남긴 말이다.
법정 스님은 그를 일컬어 "백 년이라는 시간을 살면서 깊고 심오한
관조의 세계를 펼친 사람, 조화로운 삶을 살다가 간 사람"이라고 한다.

근심 걱정을 떨쳐 버리고 그날그날을 살라.

다른 사람과 나누라.

인생과 세계에 대해서 생각해 보는 시간을 가져라.

생활 속에서 웃음을 찾으라.

이 세상 모든 것에 애정을 가져라.

모든 것 속에 들어 있는 하나의 생명을 안으로

살펴보라."

진짜 나를 찾아라

마음 밖에서 찾지 말라

스콧 니어링의
삶과 죽음

스콧이 죽음을 맞이하는 태도는 어떤 선사의
죽음보다도 깨끗하고 담백하고 산뜻하다.
죽음이란 종말이 아니라 다른 세상으로
옮겨감인데, 그런 죽음을 두고 요란스럽게
떠드는 요즘의 세태와는 대조적이다.
스콧은 70대에 노령이 아니었고, 80대는
노쇠하지 않았으며, 90대는 망령이 들지 않았다.
이웃 사람들의 말처럼 스콧 니어링이 백 년 동안
살아서 세상은 더 좋은 곳이 되었다. 그의 삶을
우리가 배울 수 있기 때문이다.

관광버스와
장의차

이따금 고속 도로에서 관광버스와 장의차가
앞서거니 뒤서거니 달리는 광경을 볼 수 있다.
이런 때 우리는 생과 사에 대해서 생각하지 않을
수 없다. 지금은 뻣뻣하게 굳어 버린 주검으로
차에 실려 어디론지 묻히러 가고 있는 그도,
살았을 때는 관광버스를 타고 생의 기쁨을
노래하면서 즐거운 여행을 떠나기도 했을
것이다. 그는 장의차와 관광버스가 휴게소에
함께 가지런히 쉬고 있을 때에도, 자기와는 아무
상관도 없는 남의 일로만 여겼을 것이다.

사람답게
살아야 한다

"너는 네 세상 어디에 있느냐? 너에게 주어진
몇몇 해가 지나고 몇몇 날이 지났는데, 그래 너는
네 세상 어디쯤에 와 있느냐?"*
언젠가 이 세상을 하직해야 할 우리들은 저마다
자신의 목소리로 그와 같이 물을 수 있어야 한다.
사람은 더 말할 것도 없이 유한한 존재다. 한번
지나가면 돌이킬 수 없는 그러한 존재이므로
더욱 사람답게 살아야 한다. 그래야 한스러운
일도 적고 생에 대한 미련도 없을 것이다.

*
오스트리아 종교철학자 마르틴 부버(1878~1965)의
단상집 『인간의 길』에 나오는 문장으로,
하느님이 한 사람 한 사람에게 묻는 질문이라고 한다.

세월은 가지도
오지도 않는다

세월은 오는 것이 아니라 가는 것이라는 말이
있습니다. 가끔씩은 그 말이 실감 납니다.
하지만 그런 데 속지 마십시오. 세월은 가지도
오지도 않습니다. 시간 속에 있는 사람들이,
사물과 현상이 가고 오는 것입니다. 철학자들의
표현을 빌리자면 시간 자체는 항상 존재합니다.
흘러가는 것이 아니라 그저 있을 뿐입니다.
시간 속에 사는 우리들이 오고 가고 변해 가는
것입니다. 무상하다는 것은 시간 자체나 세월이
덧없다는 소리가 아닙니다. 그 속에 사는
우리들이 예측할 수 없는 삶을 살고 늘 한결같지
않고 변하기 때문에 덧없다는 것입니다.

살 때와
죽을 때

생야전기현(生也全機現)

사야전기현(死也全機現)

북송 말기의 선승 원오극근께서 하신
말씀입니다. 살 때는 삶에 철저하여 그 전부를
살아야 하고, 죽을 때는 죽음에 철저하여 그
전부를 죽어야 한다는 의미입니다. 삶에 철저할
때는 털끝만치도 죽음 같은 걸 생각할 필요가
없습니다. 또 죽음에 이르러서는 생에 조금의
미련도 두어서는 안 됩니다.

선승 원오극근은 중국 송나라의 임제종에 속한 스님으로,
선 수행의 가장 중요한 지침서이자
중국 선종의 2대 선서로 꼽히는 『벽암록』을 지었다.

꽃은 피어날 때도 아름답지만
질 때도 아름답다

사는 것도 나 자신의 일이고 죽음도 나 자신의
일이라면, 살 때도 철저하게 살아야 하고 죽을
때도 철저하게 죽어야 합니다. 살아 있는 동안은
전력을 기울여 활동하고 죽을 때는 미련 없이
물러나야 합니다.
꽃은 피어날 때도 아름답지만 질 때도
아름답습니다. 개나리, 옥매화, 모란, 벚꽃….
주위에 핀 꽃들을 보십시오.

이 꽃들은 생과 사에 연연하지 않고 그때그때의
자기 생에 최선을 다하지 않던가요? 이것이
생야전기현(生也全機現) 사야전기현(死也全機現)이
전하고자 하는 깊은 뜻입니다.

산다는 것은
무엇인가

사람이 산다는 건 뭡니까? 순간순간 새롭게
피어나는 것입니다. 꽃처럼 순간순간 새롭게
피어날 수 있어야 사람입니다. 그래야 살아
있는 사람입니다. 맨날 똑같은 거 되풀이하는
사람, 어떤 틀에 박혀서 벗어날 줄 모르는 사람,
그건 죽은 사람이라고 할 수 있습니다. 낡은
것으로부터, 묵은 것으로부터, 비본질적인
것으로부터 벗어나야 합니다. 거듭거듭 털고
일어설 수 있어야 합니다. 그래야 자기가 지니고
있는 가능성을 새롭게 개발할 수가 있는 거예요.

법정 스님은 새롭게 피어나려는 노력,
다시 말해 창조적인 노력을 하지 않으면
늙음과 질병과 죽음이 온다고 말씀한다.

가장 맑은
샘물 하나

많은 사람이 시간을 귀하게 쓸 줄 모릅니다. 목적
없는 생활에 휩쓸리지 말아야 합니다. 시간은
지나가는 것이지 오는 것이 아닙니다. 우리 삶의
순간이 지금 이렇게 소멸해 가고 있는데 무섭지
않습니까? 이 소멸에서 벗어나는 것은 배움밖에
없습니다. 진리를 담은 사상이나 경전이 우리를
형성시킨다는 사실을 명심하십시오. 그렇다고
새로운 샘물만을 끝없이 계속 찾아다니는
것은 정신적으로 깊이 탐구하는 사람의 자세가
아닙니다. 가장 맑은 샘물을 하나 정하여
그곳에서 날마다 새로운 지혜를 길어 마시는
것이 더 좋습니다.

지금 바로
이 자리

시간은 관념적 개념이에요. 그렇기 때문에
흐르고 변하는 것이 아닙니다. 흐르고 변하는
것은 사물이거나 사람이거나 우리의 마음일
뿐입니다. 시간 그 자체는 그대로 늘 있는
거예요. 사람이 만든 시계는 시간의 흐름을
증명하는 것이 아닙니다. 시계는, 즉 시간의
흐름은 단지 인간들이 만들어 낸 약속일
뿐입니다.

지나가 버린 과거도, 오지 않은 미래도 우리

것이 아니에요. 그러니 반추할 필요도, 불안해할

필요도 없는 것입니다. 추상적인 공간과

붙잡히지 않는 개념에 휘둘리지 마십시오.

사람이 사람답게 변할 수 있는 것은 지금

이때입니다. 그리고 지금 바로 이 자리예요.

진짜 나를 찾아라

지금 여기. 삶을 채우는 시간

순간마다
새롭게 태어나는 것

우리는 생명의 한 장면을 아무렇게나 살아
버리면 안 됩니다. 즐겁고 유익하게 연소해야
합니다. 순간순간이 생명의 무게로, 생명의
빛으로 가득해야 합니다. 사람이 창조적인
노력을 기울이고 있는 동안에는 병에 걸리거나
늙거나 죽을 수가 없습니다. 산다는 것은
순간마다 새롭게 태어나는 것이어야 합니다.
이 탄생의 과정이 멎을 때, 어둡고 불쾌하고
싸늘한 죽음이 우리 삶의 문을 두드립니다.

변화는
삶의 본질이다

산다는 것은 순간마다 새롭게 변하는 것입니다.
변화는 삶의 본질이자, 우리가 살아 있음을
증명하는 과정입니다. 우리는 살기 위해,
그리고 보다 사람답게 살기 위해 이 세상에
태어난 것이지, 늙고 병들고 죽기 위해 태어난
것이 아닙니다. 우리의 삶은 끊임없이 변화를
요구하며, 그 변화를 통해 성장하고 성숙합니다.

진짜 나를 찾아라
지금 여기, 삶을 채우는 시간

5

불필요한 것으로부터
얼마만큼
홀가분해져 있는가

무엇을 버리고
무엇을 얻는가

"조금 내려놓으면 조금 평화로워질 것이다. 많이
내려놓으면 많이 평화로워질 것이다. 완전히
내려놓으면 완전한 평화와 자유를 알게 될
것이다. 그때 세상과의 싸움은 끝날 것이다."*
크게 버리는 자만이 크게 얻을 수 있습니다.
전부를 버리지 않고서는 전체를 얻을 수
없습니다. 그렇다면 무엇을 버리고 무엇을
얻는가? 비본질적인 자기를 벗어 버리고
본질적인 자기를 발견하는 것입니다. 비본질적인
옷들을 벗어던지고 그것에 가려져 있던 본질의
나를 되찾는 것입니다.

*
태국 출신의 고승 아잔 차 스님의 말씀이다.
아잔 차 스님은 불교 명상과 지혜로운 삶을 살아가는
방법에 대한 가르침을 주었고, 특히 검소한 생활을 강조했다.

텅 비어 있기
때문에

이제 내 귀는 대숲을 스쳐 오는 바람 소리
속에서, 맑게 흐르는 산골의 시냇물에서, 혹은
숲에서 우짖는 새소리에서, 비발디나 바흐의
가락보다 더 그윽한 음악을 들을 수 있다. 빈방에
홀로 앉아 있으면 모든 것이 넉넉하고 충분하다.
텅 비어 있기 때문에 오히려 가득 찼을 때보다도
더 충만하다.

법정 스님이 선물로 받은 오디오를 1년쯤 듣다가 되돌려 준 이야기를
들려준 후 이어서 쓴 글이다. 선물한 분은 오디오가 되돌아오자
몹시 서운해했지만 스님은 설치할 때부터 1년만 듣고 보내겠다고
미리 이야기해 두었다고 한다.

맑은 가난을
지니고 사는 사람

이것저것 많이 차지하고 있는 사람한테서는
느끼기 어려운 그 인간미를, 조촐하고 맑은
가난을 지니고 사는 사람한테서 훈훈하게 느낄
수 있다. 이런 경우의 가난은 주어진 빈궁(貧窮)이
아니라, 자신의 분수와 그릇에 맞도록 자기
몫의 삶을 이루려는 선택된 청빈(清貧)일 것이다.
주어진 가난은 악덕이고 부끄러움일 수 있지만,
선택된 그 청빈은 결코 악덕이 아니라 미덕이다.

버리고
비우는 일

버리고 비우는 일은 결코 소극적인 삶이 아니라
지혜로운 삶의 선택이다. 버리고 비우지 않고는
새것이 들어설 수 없다. 그러므로 차지하고
채우는 것은 어떤 의미에서 침체되고 묵은
과거의 늪에 갇히는 것이나 다름이 없고,
차지하고 채웠다가도 한 생각 돌이켜 미련 없이
선뜻 버리고 비우는 것은 새로운 삶으로 열리는
통로다.

만약 나뭇가지에 묵은잎이 달린 채 언제까지나
떨어지지 않고 있다면 계절이 와도 새잎은
돋아나지 못할 것이다. 새잎이 돋아나지 못하면
그 나무는 이미 성장이 중단되었거나 머지않아
시들어 버릴 병든 나무일 것이다.

행복의
척도

소유물은 우리가 그것을 소유하는 이상으로
우리들 자신을 소유해 버린다. 그러니 필요에
따라 살아야지 욕망에 따라 살지는 말아야 한다.
욕망과 필요의 차이를 분별할 수 있어야 한다.
행복의 척도는 필요한 것을 얼마나 많이 가지고
있느냐에 있지 않다. 없어도 좋을 불필요한
것으로부터 얼마만큼 홀가분해져 있느냐에 따라
행복의 문이 열린다.

거룩한
가난

'거룩한 가난'이 진실한 수행에 어떤 의미가
있는지, 한 수행자의 발자취를 더듬으면서
내 자신이 몹시 부끄럽고 초라하게 느껴졌다.
그러나 서책을 통해서나마 프란체스코 성인을
만나 그의 가르침에 귀 기울이며 공감할 수 있는
인연에, 무한한 감사를 드린다.
지식은 사람을 교만하게 만들기 쉬운데 사랑은
감화를 시킨다. 지식은 행동을 동반할 때에만
가치가 있다. 덕행의 실천보다 더 좋은 설교가
어디 있겠는가. 성인의 거룩한 가난이 오늘의
수행자들을 환하게 비추고 있다.

법정 스님이 아시시의 성 프란체스코의 전기 『발자취(페루지아 전기)』를
몇 해 만에 다시 펼쳐 본 후 쓴 글이다. 스님은 "스스로 선택한
그의 '거룩한 가난'은 현대의 우리들에게 물질의 풍요 속에서
도리어 정신적인 궁핍과 자책을 느끼게 한다"라고 말씀한다.

나는 가난한
탁발승이오

"나는 가난한 탁발승이오. 내가 가진 거라고는
물레와 교도소에서 쓰던 밥그릇과 염소젖
한 깡통, 허름한 요포 여섯 장, 수건 그리고
대단치도 않은 평판 이것뿐이오."

스스로 행복하라
무소유

비폭력 저항 운동을 주장한 인도의 마하트마 간디(1869~1948)가
1931년 9월 런던에서 열린 제2차 원탁회의에 참석하기 위해
가던 도중 세관원에게 소지품을 펼쳐 보이며 한 말이다.

크게 버려야
크게 얻을 수 있다

크게 버리는 사람만이 크게 얻을 수 있다는
말이 있다. 물건으로 인해 마음을 상하고 있는
사람들에게는 한 번쯤 생각해 볼 말씀이다.
아무것도 갖지 않을 때 비로소 온 세상을 갖게
된다는 것은 무소유의 또 다른 의미이다.

누가 진정한
부자인가

누가 진정한 부자인가? 가진 것이 많든 적든
덕을 닦으면서 사는 사람입니다. 덕이란
무엇인가? 남에 대한 배려입니다. 남과 나누어
갖는 것입니다. 우리에게 주어진 물질은
근본적으로 내 소유가 아닙니다. 단지 어떤
인연에 의해서 우주의 선물이 내게 잠시
맡겨졌을 뿐입니다. 바르게 관리할 줄 알면
그 기간이 연장되고, 마구 소비하고 탕진하면
곧 회수당합니다.

무소유의
의미

무소유란 아무것도 갖지 않는다는 뜻이
아닙니다. 무소유는 아무것도 갖지 않는 것이
아니라 불필요한 것을 갖지 않는 것입니다.
무소유의 의미를 음미할 때 우리는 홀가분한
삶을 살아갈 수 있습니다. 우리가 선택한 맑은
가난은 혼탁한 부보다 훨씬 값지고 고귀한
것입니다.

이를 이루기 위해서는 지혜로운 삶을 선택해야
합니다. 자연의 도리를 삶의 원리로 삼아야
합니다. 자연의 질서를 우리가 삶을 살아가는
원리로 삼아야 돼요. 우리 자신이 자연의 일부
아닙니까? 따라서 자연의 질서를 거스르는 것이
얼마나 무서운 죄악인지 깨달아야 합니다.

가난의
덕

이제는 가난의 덕을 배워야 돼요. 진짜 어떻게
사는 것이 진짜 나답게 사는 것인지 인간답게
사는 것인지 스스로 물어야 돼요. 남이 가졌다고
해서 나도 똑같이 가져야 되는 건 아니잖아요.
이제는 진짜 가난의 덕을 배울 때가 됐습니다.
그것은 주어진 가난이 아니에요. 원망스러운
가난이 아닙니다. 내가 스스로 선택한
가난이에요. 맑은 가난입니다.

뭘 가득가득 채우려고만 하지 마세요. 텅텅
비웠을 때의 그 홀가분함, 그것을 느낄 수
있어야 돼요. 필요한 것을 잔뜩 가졌다고 해서
행복이 오는 건 아닙니다. 불필요한 것으로부터
자유로워졌을 때, 그때 행복이 와요.

삶의 가치를
어디에 둘 것인가

내 삶의 가치를 어디에 두고 살아야 할 것인가,
이 풍진세상에 스스로 물어야 됩니다. 인도의
정치가 간디는 일찍이 인간의 탐욕을 이렇게
간파했습니다.
"이 세상은 우리의 필요를 위해서는 풍요롭지만,
탐욕을 위해서는 궁핍한 곳이다."
우리가 살아가는 이 세상은 우리가 필요로 하는
것을 얻기 위해서는 풍요로운 곳이래요. 그런데
탐욕을 위해서는 궁핍한 곳이라고 합니다.

안으로
충만해지는 일

인생에서 안으로 충만해지는 일은 밖으로
부자가 되는 일 못지않게 중요합니다. 안으로
충만해지는 일은 안으로 홀가분해지는 일과
같습니다. 오늘날 우리들은 무엇을 가져도
만족할 줄 모릅니다. 이게 현대인들이 가지고
있는 커다란 병통이에요. 그래서 늘 갈증 상태죠.
겉으로는 번쩍거리듯 잘사는 것 같아도 안으로는
아주 옹색하고 초라하고 궁핍한 것입니다.
가난이 달리 있는 것이 아닙니다. 그런 마음이
바로 가난입니다.

불행의
원인

현대인의 불행은 옛날과 달라서, 결핍이 아니라
과잉에서 옵니다. 오늘날 우리들의 불행은
무엇이 없어서가 아니라 너무 많고 넘쳐서,
그걸 감당하지 못해서 생기는 것입니다. 우리는
내면에서부터 맑은 가난을 실천해야 합니다.
그래야 헛된 욕구도 욕망도 일어나지 않습니다.
내면에 있는 맑은 가난을 통해서만 삶의 진실을
볼 수 있습니다. 그런 경지에는 아무 갈등도
없고, 어떠한 분란도 일어나지 않습니다.

그런데 내면에 맑은 가난이 없으면, 안으로 찬
것이 없기 때문에 흔들리고 맙니다. 안으로
마음이 안정되지 않았기 때문에, 마음의 중심이
안 잡혀 있기 때문에 과시하고 허세를 떨고
권력에 편승하고 소유물에 빠져듭니다.

움켜쥐기보다는
쓰다듬기

자신의 삶을 제대로 살 줄 아는 사람은
움켜쥐기보다는 쓰다듬기를 좋아합니다.
움켜쥔다는 것은 가지려고 하는 것입니다.
욕심을 표현하는 말입니다. 이 욕심이 소비를
낳고 낭비를 낳았습니다. 움켜쥔다고 해서
자기 것이 되는 게 아니에요. 쓰다듬을 줄 알아야
돼요. 쓰다듬는다는 것은 즐기되 소유하지 않는
것입니다.

쓰다듬을 줄 알게 되면 자기 세계와 하나가 되고,
쓰다듬을 줄 모르고 그냥 움켜쥐기만 하면 자기
세계와 분리가 됩니다. 집 안에 쌓아 두었다고
해서 자기 것이 되는 것이 아닙니다. 그것은 잠시
거기에 놓여진 것일 뿐입니다. 내 것이 될 수
없어요.

6

지식은 머리에서
자라나지만
지혜는 마음에서
움튼다

좋은 상상력과
어두운 상상력

상상력이란 일찍이 자신이 겪은 기억의 그림자일
것이며, 아직 실현되지 않은 희망 사항이기도 할
것이다. 그렇다 하더라도 좋은 상상력은
그 자체만으로도 살아 있는 즐거움을 누리게
한다. 이와는 달리 어둡고 불쾌한 상상력은
우리들을 음울하고 불행하게 만든다. 생각이나
상상력도 하나의 업(業)을 이루기 때문이다.

세상에는 공것도 없고
거저 되는 일도 없다

산천경개의 겉모습만 보고 스치고 지나가는
사람들 눈에는 한가하게 새소리나 듣고 부드러운
앞산의 산마루나 바라보면서 맑음과 고요를
즐기는 듯한 산중 생활을 부러워할지 모르겠다.
하지만 그 한가와 고요와 맑음을 누리기
위해서는 그만한 보상을 치른다는 사실을 알기나
하는지. 그래서 세상에는 공것도 없고 거저 되는
일도 없다. 그 어떤 형태의 삶이건 간에 그 삶의
차지만큼 치러야 할 몫이 있는 법이다. 크면
클수록 많으면 많을수록 치러야 할 그 몫도 또한
크고 많을 수밖에 없다.

열린 마음을
지닌 사람

일상에 매몰된 그런 눈과 귀와 마음이 아니라
눈 속의 눈으로, 귓속의 귀로, 마음속의 마음으로
받아들일 수 있어야 한다. 티 없이 맑은 심성을
지닌 사람만이 어떤 현상에서나 살아 있는
진리를 발견한다. 열린 마음을 지닌 사람은 서로
다른 종교 속에서도 하나의 진리를 발견하고,
닫힌 마음을 지니게 되면 하나의 진리 대신
차별만을 무수히 찾아낸다.

좋아서
하는 일

무슨 일이든지 흥미를 가지고 해야 합니다.
그래야 사는 일이 기쁨이 됩니다. 내가 하는 일
자체가 좋아서 하는 것이지 무엇이 되기 위해서
해서는 안 됩니다. 좋아서 하는 일은 그대로
충만된 삶입니다. 무엇이 되기 위해서라면 그건
흥미가 아니고 야심입니다. 야심에는 기쁨이
없고 고통이 따릅니다.

스스로 행복하라

여기 바로 이 자리

누가 복을 주고
벌을 주는가

모든 살아 있는 생명체는 끝없이 움직이고
흐른다. 그 움직임과 흐름이 멎을 때 거기
서리가 내리고 죽음이 찾아온다. 이런 살아 있는
생명체에 누가 복을 주고 벌을 주는지 스스로
물어보라. 그 물음 속에 답이 들어 있다.

알차게 살아 있는
순간

팽이가 잘 돌고 있을 때는 한 지점에 정지해 있는
것처럼 보입니다. 바로 정중동(靜中動)입니다.
고요 속에 끝없는 움직임이 있고, 움직임 속에
고요가 있습니다. 어떤 일을 할 때, 일 그 자체가
되어 순수하게 몰입하여 지속하면 자신도 사물도
의식하지 않게 됩니다. 불교에서는 이것을
삼매의 경지라고 합니다. 선정의 경지라고도
하지요. 알차게 살아 있는 순간입니다. 이때
잔잔한 기쁨이 꽃향기처럼 은은히 배어납니다.
살아 있는 기쁨을 느끼게 됩니다. 진짜로 살고
있는 상태가 됩니다.

진정한
고독

진정한 고독은 우리 영혼 한가운데에 있는
심연(深淵) 같은 것입니다.
고독의 깊이를 깨달으려면 홀로 있는 시간이
필요합니다. 우리는 너무 많은 것에 의존합니다.
그래서 모두 똑같은 건물에서 똑같은 음식을
먹으며 똑같은 사고방식에 젖고 마는 것입니다.
마음을 열고 자신만의 시간을 보내 보십시오.
홀로 있어 보십시오. 침묵의 바다에 들어가 봐야
벌거벗은 자신을 만날 수 있습니다. 이런 시간을
경험할 때 진정한 고독의 깊이를 깨달을 수
있습니다.

참회

참(懺)은 지나간 허물을 뉘우치는 것이고,
회(悔)는 다시는 되풀이하지 않겠다는
다짐입니다. 즉 참회는 거듭 태어나고 싶은
몸부림입니다. 진정한 참회는 변화하는 삶을
뜻합니다. 참회를 거치지 않은 발원은 메아리가
없는 헛된 소망에 불과한 것입니다. 참회로써
묵은 짐을 버릴 때에야 비로소 발원은 꽃을
피우고 열매를 맺을 수 있습니다.

침묵이
필요한 이유

질문을 멈추어야 비로소 해답이 나옵니다.
침묵을 지켜야 답이 들리기 시작합니다. 답을
얻으려면 침묵이 필요한 것입니다. 요즘처럼
어지러운 세상, 시끄러운 소음에 묻혀서는 답을
얻기 힘듭니다. 침묵이 드물기 때문입니다.
침묵은 깊은 무게를 지니며, 그 무게 속에 우리가
필요로 하는 답이 담겨 있습니다.

탐욕과
증오와 무지

탐욕과 증오와 무지는 그 자체가 독성을 지니고
있어서 주위에 해악을 끼칩니다. 하지만
이 세 가지 독성은 우리의 의지와 노력으로
얼마든지 극복할 수 있습니다. 탐욕은 베풀고
나누는 일을 통해서 극복할 수 있고, 증오는 넓은
사랑으로 극복할 수 있습니다. 그리고 무지는
차디찬 지식이 아닌 따뜻하고 밝은 지혜로
극복할 수 있습니다. 아무리 이 세상이 암담하다
하더라도 우리는 좌절할 이유가 없습니다.
바로 이런 극복의 길이 있기 때문입니다.

법정 스님은 우리 사회의 병리를 한마디로 진단한다면,
자기 자신밖에 모르는 이기적인 '탐욕'과 남을 미워하는 '증오'와
전체를 망각한 '무지'에 있다고 말씀한다.

가슴을 열고
행복을 받아들여라

행복해질 수 있는 소재는 무수히 많습니다.
다만 그것을 받아들일 수 있는 가슴이 없을
뿐입니다. 길가 한 귀퉁이에 수줍게 피어 있는
풀꽃을 가만히 바라보세요. 거기에도 행복이
있습니다. 꼭 꽃집에 가서 비싸게 주고 사다가
화병에 꽂아야만 행복해지는 것이 아닙니다.
가슴만 활짝 열고 있으면 무엇이든 아름답게
받아들일 수 있는 거예요.

단순함에
대하여

단순함이라는 것은 단조로움과는 다른 것입니다.
단조로움은 변화도 없고 새로운 것도 없는
상태입니다. 하지만 단순함은 명료한 것이에요.
복잡하지 않은 것입니다. 불필요한 것들은 다
들어내 버리고 꼭 있어야 할 것만으로 이루어진
어떤 결정체 같은 것, 복잡한 것을 다 소화하고
나서 어떤 궁극에 다다른 그런 상태, 보석 같은
것, 그것이 단순함입니다.

품위를
지닌다는 것

균형이 잡히면 품위가 생깁니다. 품위란
그 사람의 향기와 같은 겁니다. 그 향기가
이웃에게까지 전해집니다. 균형은 마음과
정신의 조화에서 비롯됩니다. 우리가 내면의
조화를 이루고 외부와의 균형을 유지할 때,
우리는 품위를 지니게 됩니다. 품위는 단순히
우아함이나 고상한 외모만을 의미하는 것이
아닙니다. 멋은 겉에다 뭘 바른다고 생기는 거
아니잖아요. 안에서 우러나야 합니다. 아무리
곱게 단장을 했더라도 내면이 바르지 못하다면
아름답지 않습니다.

아름다움과
품격

아름다움은 단순과 절제에서 나옵니다.
복잡하고 화려함으로 둘러싸였을 때는 오히려
아름다움을 찾기 어렵습니다. 단순하게
절제되었을 때 진정한 아름다움이 표출됩니다.
또한 자기 자신을 갈고닦는 사람에게서는
깊은 품격을 느낄 수 있습니다. 그들은 내면의
성숙함과 진정성을 통해 사람들에게 깊은
인상을 남기고 선한 영향력을 발휘합니다.

내면의
향기

우리가 품위를 갖추게 되면, 우리의 향기도
변합니다. 이 향기는 단순히 외적인 꾸밈에서
나오는 것이 아니라, 우리의 내면 깊은 곳에서
발산됩니다. 내면의 향기는 우리의 행동과 말
속에서 드러나며, 점차 주변 사람들에게 퍼져
나갑니다.

지혜는 마음에
꽃으로 피어난다

밖에서 주워 모은 지식? 그런 건 지혜가 될 수
없어요. 그래서 "문으로 들어온 것은 집안의
보배가 될 수 없다." 이런 말을 하는 것입니다.
지혜는 누군가로부터 배워서 얻을 수 있는 것이
아닙니다. 지식은 남에게 받을 수 있지만
지혜는 받을 수 없어요.

'문으로 들어온 것은 집안의 보배가 될 수 없다',
종문입자 불시가진(從門入者 不是家珍)은 중국 남송의
선승 무문혜개의 설법을 엮은 『무문관』에 나오는 말씀이다.

지식은 머리에서 자라나는 것이지만, 지혜는
마음에서 움트는 겁니다. 그 지혜는 우리 마음에
꽃으로 피어나요. 그렇기 때문에 "마음 밖에서
찾지 말라." 이렇게 말을 하는 것입니다. 밖에서
주워 모은 것으로는 지혜의 탑을 쌓을 수
없습니다.

고려 보조국사 지눌의 『수심결』에 "과거의 모든 부처님들도
이 마음을 밝힌 분들이며, 현재의 모든 성현들도 이 마음을 닦은 분들이며,
미래에 배울 사람들 또한 이 법을 의지해야 할 것이다.
그러므로 수행하는 사람들은 결코 밖에서 찾지 말라"라고 나온다.

7

진정한 삶을
살아가려는 사람
누구에게나
출가 정신이 필요하다

보다 자기다운,
보다 인간다운 삶

일상의 삶 속에서도 소용돌이나 늪에 갇혀
허우적거릴 것이 아니라 거기에서 헤쳐 나올 수
있어야 합니다. 그것은 우리가 마음먹기에 달려
있습니다. 삶의 환경이 여러 가지로 다르므로
한결같을 수는 없겠지만, 자신의 삶에 만족할
수 없어서 보다 자기다운, 보다 꽃다운, 보다
인간다운 삶은 없을까 찾게 되는 것이 바로 출가
정신입니다.

누구에게나
출가 정신이 필요하다

출가란 모든 집착과 얽힘에서 벗어나는
일입니다. 이것은 수행자에게만 해당되는
일이 아닙니다. 진정한 삶을 살아가려는
사람 누구에게나 이 출가 정신이 필요합니다.
지금까지 살아오면서 '이게 아닌데.' 하는
생각이 든 적이 있다면 삶을 변화시켜야 하고,
낡은 타성에서 벗어나야 합니다. 이혼하고 집을
나오라는 소리가 아닙니다. 그릇된 생활 습관과
잘못된 업에서 벗어나라는 것입니다. 새로운
업을 지으라는 것입니다.

스스로 행복하라

지금 출가를 꿈꾸는 그대에게

지혜의
칼날

하늘을 나는 새가 날갯짓을 멈추면 추락하는
것과 같습니다. 또한 칼날이 무뎌지면 칼로서의
기능을 잃는 것과 같습니다. 칼이 칼일 수 있는
것은 그 날이 날카롭게 서 있을 때 한해서입니다.
누구를 상하게 하는 칼날이 아니라 버릇과
타성과 번뇌를 가차 없이 절하는 지혜의
칼날입니다. 자신을 붙들어 두고 근원적인
의문을 잊어버리게 만드는 모든 안락함, 편안함,
타성, 즐거움을 거듭거듭 떨치고 새롭게
출가해야 합니다.

본래의 나로
돌아오는 길

출가는 떠남이 아니라 돌아옴입니다. 진정한
나에게로, 그동안 잊혔던 본래의 나로 돌아오는
길입니다. 출가는 소음과 잡다한 얽힘에서
벗어나 침묵의 세계로 들어섭니다. 말이
안으로 여물도록 인내함으로써 우리 안의
질서를 찾습니다. 중심을 바로 세워 진정으로
받아들여야 할 것만 가려내는 그런 눈뜸입니다.
출가는 본래의 나를 찾아 나섭니다. 나는
누구인가 하고 스스로에게 묻습니다. 존재 속의
존재에게 간절히 묻습니다. 답은 그 물음 속에
있습니다.

수행자의
덕목

밤에 꿈이 많은 사람은 그만큼 망상과 번뇌가
많다. 수행자는 가진 것이 적듯이 생각도
질박하고 단순해야 한다. 따라서 밤에 꿈이
없어야 한다. 또 수행자는 말이 없는 사람이다.
말이 많은 사람은 생각이 밖으로 흩어져 안으로
여물 기회가 없다. 침묵의 미덕이 몸에 배야
한다.

법정 스님은 진정한 수행자의 거처에는 "야유몽자불입(夜有夢者不入)
구무설자당주(口無舌者當住), 밤에 꿈이 있는 자 들어가지 못하고,
입에 혀가 없는 자만이 머무를 수 있다"라고 말씀한다.

깨달음에
이르려면

깨달음에 이르려면 두 가지 일을 스스로
실행해야 한다. 하나는 자신을 속속들이
지켜보는 것이다. 스스로 자신을 관리, 감시하여
행여라도 욕심냄이 없도록 삿된 길로 빠지지
않도록 경계해야 한다. 또 하나는 사랑을
실천하는 것이다. 콩 반쪽이라도 나눠 갖는
실천행이 생활 속에, 자연스럽게 배어 있어야
한다.

맑고 향기롭게 취지문 진짜 나를 찾아라

1994년 3월 26일 서울 구룡사에서
'맑고 향기롭게 살아가기 실천모임' 발족식이 있었고,
법정 스님은 '맑고 향기롭게 살아가라'는 대중 강연을 했다.

선의
본질

우리는 흔히 선(禪)을 이야기합니다. 선의 본질은
최선을 다해 현재를 사는 데 있습니다. 그럼 묻지
않을 수 없습니다. 선이란 무엇입니까? 순수한
집중과 몰입입니다. 순수한 집중과 몰입을 통해
자기를 마음껏 살리는 것입니다. 진실한 자기가
움직이고 있을 때는 자기를 잊게 됩니다. 즉
무아의 경지에 이르며 창조적 망각에 이릅니다.
자기를 잊을 때 비로소 자기가 됩니다.

부처님이 인정하시는
좌선

"앉아 있는다고 해서 그것을 선이라 할 수
없습니다. 현실 속에 살면서도 몸과 마음이
동요됨이 없는 것을 좌선이라 합니다. 생각이
쉬는 듯한 무심한 경지에 있으면서도, 온갖
행위를 할 수 있는 것을 좌선이라 합니다. 마음이
고요에 빠지지 않고 또 밖으로 흩어지지 않는
것을 좌선이라 합니다. 번뇌를 끊지 않고 열반에
드는 것을 좌선이라 합니다. 이와 같이 앉을 수
있을 때, 그것이 부처님이 인정하시는 좌선일
것입니다."

유마힐 거사가 고요한 숲속, 큰 나무 아래에 앉아 좌선하고 있는
사리불 존자를 보고 한 말씀으로, 불교 경전 『유마경』에 수록되어 있다.
대다수 경전이 부처님 말씀을 담고 있지만, 『유마경』은
유마힐 거사의 설법을 주된 내용으로 한다.

진짜 나를 찾아라
없는 것을 어쩌 찾으려 하는가

더 깊고 오묘한
세계

모두 다 눈에 보이고 귀에 들리고 손에 붙잡히는
것에 집착합니다. 그것이 전부라고 생각해요.
하지만 그것만이 전부가 아니라는 것을,
그 이면에는 더 깊고 오묘한 세계가 있다는 것을
알아야 합니다. 눈에 보이고 귀에 들리고 손에
잡히는 것, 그것은 한 부분이에요. 그건 일시적인
겁니다. 그것은 모두 순간적인 것이고 잠시
있다가 사라지는 것이에요.

눈에 보이지도 않고 들리지도 않고 손에
잡히지도 않지만 그 밑바탕을 이루는 곳에
정신의 세계가 있습니다. 이것이 영원한
것입니다. 이것이 본질적인 거예요. 이것은
달변이 아니라 침묵으로 이루어진 세계라고
할 수 있습니다. 영성으로 충만한 세계이기도
합니다. 혹은 불교에서 말하는 공(空)의
세계라고도 할 수 있습니다.

선업과
악업

우리가 몸으로 하는 동작, 입으로 하는 말,
마음속에서 하는 생각은 모두 업이 됩니다. 흔히
업은 훗날 선악의 결과를 가져오는 원인이 된다고
하지요. 나의 동작과 말과 생각이 짓는 업이 자꾸
쌓이면 그게 업력이 됩니다. 좋은 업, 즉 선업을
쌓으면 좋은 업력이 되고, 나쁜 업, 즉 악업을
쌓으면 나쁜 업력이 됩니다. 선업에는 낙과(樂果)를
일으키는 힘이 있고, 악업에는 고과(苦果)를
일으키는 힘이 있습니다. 또 업장(業障)이라는 말도
있습니다. 동작과 말과 마음으로 지은 악업에 의한
장애를 이르는 말입니다.

업력과 업장은 의지와 노력만으로는 극복하기
어렵습니다. 관성 법칙과 같은 거예요.
생사윤회(生死輪廻)라고 하지요. 수레바퀴가
끊임없이 구르는 것과 같이, 번뇌와 업에 의하여
삼계육도(三界六道)의 생사 세계를 돌고 돕니다.
흔히 번뇌를 끊는다, 욕망을 끊는다, 이렇게
말하지만 번뇌와 욕망은 철사를 끊는 것처럼
싹둑 끊을 수 있는 것이 아닙니다.

‘삼계’는 중생이 생사 왕래하는 세 가지 세계, 즉 욕계, 색계, 무색계를 말하고,
‘육도’는 중생이 선악의 원인에 의하여 윤회하는 여섯 가지 세계를 말한다.
육도에는 삼악도인 지옥도, 아귀도, 축생도와 삼선도인 아수라도,
인간도, 천상도가 있다.

다만 어떤 질적인 변화를 줄 수는 있습니다.
말하자면 에너지의 전환이에요. 욕심으로
흐르는 에너지, 탐욕으로 흐르는 마음은 베푸는
일로 전환할 수 있습니다. 이웃을 돕고 나누는
마음으로 극복할 수 있습니다. 즉 전환이 되는
것입니다.

바른 신앙생활을
하고 있는가

참된 종교는 인간의 의식, 인간의 가슴을 활짝
열게 합니다. 어떤 사람이 바른 신앙생활을
하고 있느냐 아니냐 하는 건 무엇으로 알 수
있습니까? 바로 가슴으로 알 수 있습니다.
가슴이 활짝 열려 있는 사람은 말하지 않아도
느낌으로 알 수 있습니다. 가슴이 겹겹으로
닫혀 있으면 아무리 달변을 늘어놓고, 거짓으로
선행을 해도 가짜임을 알 수 있습니다.

종교적인
사람

종교적인 사람은 어떤 사람일까요.
첫째, 종교적인 사람은 무엇이 참이고 무엇이
거짓인지 끊임없이 묻는 사람입니다. 해답은
그 물음 속에 들어 있습니다. 그렇게 묻는
사람이 영원한 구도자입니다. 참을 향해서
끝없이 노력하는, 끝없이 정진하는 구도자예요.
구도자는 어디에도 안주하지 않습니다. 어디에도
머무르지 않습니다.
둘째, 종교적인 사람은 온갖 불안과
두려움으로부터 자신을 해방시킨 사람이에요.
자기중심주의로부터 벗어난 사람, 이기심과
야심으로부터 자기를 자유롭게, 또 바람처럼
풀어놓은 사람이에요.

셋째, 종교적인 사람은 물질적인 빈부와는
상관없이 마음이 가난한 사람입니다. 마음이
가난하다는 것은 자기 분수를 알아서 자제할
줄 안다는 뜻입니다. 마음이 가난하다는 것은
마음에 중심이 잡혀서 평온하다는 거예요.
탐욕으로부터 자유로워질 때 마음의 가난은
덕이 됩니다. 스스로 자기 삶을 자제하고 스스로
선택하는 맑은 가난은 미덕입니다.

마음을
맑히는 일

신앙생활은 한마디로 마음을 맑히는 일입니다.
내가 언제 출가해서 스님이 되었는지, 혹은 내가
불자로서 절에 다닌 지가 얼마나 오래되었는지
이런 것은 중요하지 않습니다. 중요한 것은
자신의 마음이 얼마나 투명한가, 얼마나 열려
있는가 하는 것입니다. 이건 시간과는 상관이
없습니다. 불교에 귀의한 지가, 어떤 신앙을 믿게
된 지가 오래됐다고 해서 마음이 더 투명하거나
맑은 것은 아닙니다.

평상심이
도다

"평상심이 도(道)다. 일상적인 그런 마음가짐이
바로 도다. 도가 먼 데 있는 것이 아니고 우리
마음 씀씀이가 바로 도다."

중국 당나라 선승 마조도일 선사의 말씀인 '평상심시도(平常心是道)'에서
유래한 불교 교리이다. 법정 스님은 "마음을 맑힌다는 것은
겹겹으로 닫힌 내 마음을 활짝 여는 일"이고 마음이 열려야
이미 열려 있는 세상과 내가 하나를 이룰 수 있다면서
일상적인 접촉을 통해 마음을 맑히는 훈련을 해야 한다고 말씀한다.

한 걸음, 한 걸음
걸어서 왔습니다

한 티베트 스님이 히말라야산맥을 넘어
인도에 간 일이 있습니다. 스님 나이가 여든이
넘었는데 그 험준한 산맥을 넘은 거예요. 이때
사람들이 몰려와서 "스님, 그 연세에 어떻게
히말라야산맥을 넘어서 여기까지 오셨습니까?"
물으니 스님이 이렇게 대답했습니다.

"한 걸음, 한 걸음 걸어서 왔습니다."

법정 스님은 우리가 사는 일도 이와 같이 한 걸음 한 걸음 나아가면서
살아가는 것인데, 문제는 어디를 향해 가느냐에 있다고 말씀한다.

마음밭에
뿌리는 씨

업이라는 것은 우리 마음밭에 뿌리는 씨와
같습니다. 이 업이라는 씨는 인간이 예상하지
못하는 결과를 낳습니다. 이게 업의 파장이고
흐름이에요. 이 흐름은 결코 한 방향으로만
흐르지 않습니다. 그래서 별업은 공업이고,
공업은 또 별업입니다.

'별업(別業)'은 중생이 각기 다른 과보를 받게 되는 개별적인 업이고,
'공업(共業)'은 저마다 공동으로 선악의 업을 짓고
공동으로 고락의 인과응보를 받는 일이다.

8

느리게
시를 읽으면
속도에 지친 몸과
마음이 쉴 수 있다

어린 왕자가 사는
별나라

육신을 버린 후에는 훨훨 날아서 가고 싶은 곳이
꼭 한 군데 있다. '어린 왕자'가 사는 별나라.
의자의 위치만 옮겨 놓으면 하루에도 해 지는
광경을 몇 번이고 볼 수 있다는 아주 조그만
그 별나라. 가장 중요한 것은 마음으로 보아야
한다는 것을 안 왕자는 지금쯤 장미와 사이좋게
지내고 있을까. 그 나라에는 귀찮은 입국
사증(入國査證) 같은 것도 필요 없을 것이므로 가
보고 싶다.

법정 스님은 1971년에 쓴
「영혼의 모음 - 어린 왕자에게 보내는 편지」라는 글에서
"누가 나더러 지묵(紙墨)으로 된 한두 권의 책을 선택하라면
『화엄경』과 함께 선뜻 너(『어린 왕자』)를 고르겠다"라고 말씀한다.

어른들은
숫자를 좋아한다

어린 왕자!

너의 아저씨(생텍쥐페리)는 이렇게 말하고 있더라.

"…… 어른들은 숫자를 좋아한다. 어른들에게

새로 사귄 동무 이야기를 하면, 제일 중요한

것은 도무지 묻지 않는다. 그분들은

'그 동무의 목소리가 어떠냐? 무슨 장난을

제일 좋아하느냐? 나비 같은 걸 채집하느냐?'

이렇게 묻는 일은 절대로 없다. '나이가 몇이냐?

몸무게가 얼마나 나가느냐? 그 애 아버지가

얼마나 버느냐?' 이것이 그분들이 묻는 말이다.

그제야 그 동무를 아는 줄로 생각한다."

잘 보려면
마음으로 보라

그래, 네가 여우한테서 얻어들은 비밀처럼 가장
중요한 것은 눈에는 보이지 않아. 잘 보려면
마음으로 보아야 한다. 사실 눈에 보이는 것은
빙산의 한 모서리에 불과해. 보다 크고 넓은
마음으로 느껴야지. 그런데 어른들은 어디 그래?
눈앞에 나타나야만 보인다고 하거든. 정말
눈뜬장님들이지. 눈에 보이지 않는 세계까지도
꿰뚫어 볼 수 있는 그 슬기가 현대인들에겐
아쉽다는 말이다.

너는 항시
나와 함께 있다

네 목소리를 들을 때 나는 누워서 들어.
그래야 네 목소리를 보다 생생하게 들을 수
있기 때문이야. 상상의 날개를 마음껏 펼치고
날아다닐 수 있는 거야. 네 목소리는 들을수록
새롭기만 해. 그건 영원한 영혼의 모음(母音)이야.

어린 왕자에게 보내는 편지 「영혼의 모음」이 수록된
책의 제목 또한 『영혼의 모음』이다. 1973년에 출간된 법정 스님의
첫 번째 수상집으로, 이 책에서 24편을 고르고 새로 쓴 11편을 더해
개정판을 내는 형식으로 1976년에 출간한 것이 『무소유』이다.

아, 이토록 네가 나를 흔들고 있는 까닭은 어디에
있는 것일까. 그건 네 영혼이 너무도 아름답고
착하고 조금은 슬프기 때문일 것이다. 사막이
아름다운 건 어디엔가 샘물이 고여 있어서
그렇듯이.
네 소중한 장미와 고삐가 없는 양에게 안부를
전해다오.
너는 항시 나와 함께 있다. 안녕.

자신의
시간

"시간은 참된 소유자를 떠나면 죽은 시간이 되고
말아. 왜냐하면 모든 사람들이 저마다 자신의
시간을 갖고 있기 때문이지. 그래서 이것이
참으로 자신의 시간일 때만 그 시간은 생명을
갖게 되는 거란다."

독일 작가 미하엘 엔데(1929~1995)가 쓴 동화 『모모』에서
시간의 주재자 호라 박사가 모모에게 들려준 이야기이다.
법정 스님은 "현대인들은 기다릴 만한 시간이 없다고 한다.
그러나 사실은 시간이 없어서가 아니라,
그 시간을 적절하게 쓸 줄 모르는 것이다"라고 말씀하며
이 이야기를 인용한다.

날마다
다시 시작하라

"은퇴한다는 것은 나에게는 죽기 시작한다는
것을 뜻한다. 일을 하며 싫증을 내지 않는 사람은
늙지 않는다. 가치 있는 것에 대하여 흥미를
가지고 일하는 것은 늙음을 밀어내는 가장 좋은
처방이다. 나는 날마다 거듭 태어나며 날마다
다시 시작해야 한다."

스페인 첼로 연주자 파블로 카살스(1876~1973)의 생애를 담은
『첼리스트 카살스, 나의 기쁨과 슬픔』에 나오는 문장으로,
법정 스님은 "자신에게 주어진 날들을 거듭거듭 창조하려는 의지로
충만한 그의 불타는 삶에 늙음이 어떻게 다가설 수 있겠는가"라고 말씀한다.

인간으로서의
첫 번째 의무

"나는 먼저 한 인간입니다. 예술가는
그다음입니다. 인간으로서 나의 첫 번째 의무는
나와 같은 인간들의 안녕과 평화입니다.
음악은 언어와 정치와 국경을 초월하므로 나는
하느님이 내게 주신 이 방법으로 내 의무를
수행하고자 합니다. 세계 평화에 내가 기여하는
바는 미약할지 모르지만, 적어도 내가 성스럽게
생각하는 이상을 위해 내가 할 수 있는 모든 일을
하겠습니다."

스스로 행복하라

파블로 카살스

파블로 카살스가 88세 되던 1962년 초,
그가 전쟁 중에 작곡한 오라토리오 〈베들레헴의 구유〉와 함께
개인적인 평화의 십자군으로 나서려는 결의를 밝힌 말이다.

그들에게
연민을 느끼곤 했다

"배 위에는 탐욕스럽게 굴리는 교활한 악마의
눈망울, 행상이 파는 허섭스레기 물건 같은
사람들이 밀고 당기며 가득 타고 있었다. 이들이
다투는 소리는 흡사 조율이 안 된 피아노,
정직하지만 심술궂은 여자들의 바가지 같았다.
성질대로 한다면, 두 손으로 배의 이물과 고물을
붙잡고 바닷물에 푹 담가 술렁술렁 흔들어
복작거리는 산 것들 — 인간, 쥐, 벌레 들을
깡그리 씻어 내고 다시 깨끗한 모습으로 건져
올리고 싶을 정도였다. 그러나 이따금씩 나는
그들에게 연민을 느끼곤 했다."

태풍 속에서 | 스스로 행복하라

그리스 작가 니코스 카잔차키스(1883~1957)의 『희랍인 조르바』에
나오는 문장이다. 태풍이 지나는 중에 이 책을 읽던 법정 스님은
"기발하고 신선한 이 구절을 읽으면서 퍼뜩 태풍이 휘몰아치는
의미 같은 것이 떠올랐다"라고 말씀한다.

어디서 와서
어디로 가는가

조르바가 물었다.

"우리가 어디서 와서 어디로 가는지, 그 이야기
좀 들읍시다. 요 몇 해 동안 당신은 청춘을
불사르며 마법의 주문이 잔뜩 쓰인 책을 읽었을
겁니다. 모르긴 하지만 종이도 한 50톤쯤
씹어 삼켰을 테지요. 그래서 얻어낸 게 도대체
무엇이오?"

이것은 우리 모두에게 묻는 준엄한 물음이다.
우리가 읽고 쓰고 하는 뜻은 어디에 있는가.

그렇다, 우리가 지금껏 그토록 많은 종이를 씹어
삼키면서 얻어낸 게 과연 무엇인가?
어디서 와서 어디로 가는지, 삶의 본질과
이어지지 않으면 우리는 한낱 종이벌레에 그치고
만다.

스스로 행복하라
태풍 속에서

어디 가서
나를 찾는가

15세기 인도의 영적인 시인 카비르는 이렇게 노래합니다.

벗이여, 어디 가서 '나'를 찾는가

나는 그대 곁에 있다

내 어깨가 그대의 어깨에 기대어 있다

절이나 교회에서 나를 찾으려 하지 말라

그런 곳에 나는 없다

인도의 성스러운 불탑들 속에도

회교의 찬란한 사원에도

나는 없다

카비르(1440~1518)는 중세 인도의 종교가이자 시인으로,
여러 종교의 구별을 배제했으며 신앙 귀의에 의해서만
구원을 받을 수 있다고 주장했다.

어떠한 종교 의식 속에서도

나를 찾아낼 수 없으리라

다리를 꼬고 앉아 요가 수행을 할지라도

채식주의를 엄격히 지킨다 할지라도

그대는 나를 찾아내지 못하리라

그대가 진정으로 나를 찾고자 한다면

지금 이 순간을 놓치지 말라

바로 지금 이 순간에 나를 만날 수 있으리라

벗이여, 나에게 말해 다오

무엇이 신인가를

신은 숨 속의 숨이니라

물고기가
목말라한다

카비르의 시를 소개합니다.

물속에 사는 물고기가 목말라한다는 말을 듣고
나는 웃는다
진리는 그대 집 안에 있다
그러나 그대 자신은 이것을 알지 못한 채
이 숲으로 저 골짝으로 쉴 새 없이 헤매고 있다
여기, 바로 이 자리에 있는 진리를 보라
그대가 원하는 곳이면 어디든지 가 보라
이 도시로 저 산속으로
그러나 그대 자신의 영혼을 찾지 못한다면
세상은 여전히 환상에 지나지 않으리

스스로 행복하라
여기 바로 이 자리

살아 있는
현재에 행동하라

롱펠로의 「인생 찬가」는 말 그대로 인생을
찬양하는 시라고 할 수 있는데, 삶을 관조하는
말들로 가득합니다. 그중 한 부분을 인용해
보겠습니다.

아무리 즐거워도 미래를 믿지 말고
죽은 과거로 하여금 그 시체를 내지 않게 하라
죽은 과거는 그대로 묻어 두어라
행동하라, 살아 있는 현재에 행동하라

헨리 워즈워스 롱펠로(1807~1882)는
서정적이고 아름다운 표현으로 유명한 시인으로
19세기 미국의 국민 시인이라고 불릴 만큼
대중적으로도 큰 사랑을 받았다.

만나고 가는
바람같이

미당 서정주의 「연꽃 만나고 가는 바람같이」라는
시를 아시는지 모르겠습니다. 거기에 보면
"연꽃 만나러 가는 바람 아니라 만나고 가는
바람같이"라는 구절이 있어요.
참 좋지 않습니까. "만나러 가는 바람"이 아니라
"만나고 가는 바람" 같다고 말해요. 연꽃을
'만나러 가는 것'은 들뜸이나 기대이겠습니다만,
'만나고 가는 것'은 여러 가지로 해석할 수
있겠습니다.

보고 난 후의 충만일 수도 있고, 두고
돌아서야 하는 아쉬움일 수도 있습니다. 시는
해석하는 것이 아니라고 합니다만, 가끔은
그 내면을 들여다보고 싶기도 합니다. 나는
충만이었습니다. 이런 시를 외고 있으면 연꽃을
보지 않아도 내 안에서 연꽃이 피어나요.

느리게
시를 읽으라

느리게 시를 읽으십시오. 한 줄 한 줄, 단어와
단어 사이에 담긴 시인의 숨결을 음미하듯
천천히 읽어 내려가십시오. 느리게 시를 읽으면
속도에 지친 몸과 마음이 쉴 수 있습니다.
어느새 시의 언어가 삶 속으로 스며들어 잊고
있던 생기가 되살아납니다. 그 생기는 우리의
내면을 환하게 비추고, 몸과 마음에 푸른 기운을
불어넣습니다.

진짜 나를 찾아라
눈을 들어 흐르는 강물을 보라

9

고무신 신고
나긋나긋하게 걸어야
비로소 주변의 풍경이
마음에 스며든다

산마루에 올라
먼 산 바라보니

산마루에 올라 첩첩 쌓인 먼 산을 바라본다.
아래서 올려다볼 때와는 달리 시야가 툭 트이니
내 마음도 트이는 것 같다. 보다 멀리 내다보려면
다시 한층 더 높이 올라가라는 옛말이 실감이
난다. 우리 옛 그림에 선비가 언덕에 올라 뒷짐을
지고 멀리 내다보는 풍경이 더러 있다. 얼핏 보면
무료하게 보일 수도 있지만, 유심히 보면 그 안에
삶의 운치와 여유와 지혜가 들어 있다.

뜻한 바
열매를 거두려면

무슨 바람이든지 건전한 것은 조용히 그리고
서서히 자발적으로 불어야 뜻한 바 열매를 거둘
수 있다. 너무 조급하게 요란하게 몰아치면
그야말로 용의 머리에 뱀의 꼬리가 되고 만다는
사실을 우리는 짧은 생애를 통해서나마 생생히
겪어 왔다.

나긋나긋 걸어야
풍경이 마음에 스며든다

호젓한 산길을 차로 씽 지나치면 흙먼지만 일
뿐입니다. 눈 깜짝할 사이에 지나쳐 버린 풍경
속에 무엇이 있었는지 알지 못한 채, 속도에
취해 목적지만을 향해 달려갑니다. 고무신 신고
나긋나긋하게 걸어야 비로소 주변의 풍경이
마음에 스며듭니다. 흙의 감촉을 느끼며 고개를
들어 하늘을 보면, 그곳에는 하얀 구름이
연꽃처럼 피어 있습니다. 하늘의 연꽃, 마음의
연꽃은 결코 속도와 조급함 속에서는 피어나지
않습니다. 천천히 걷고, 자연을 느끼고, 내면을
돌아볼 때 비로소 피어나는 법입니다.

직선이 만든

왜곡

한 점과 또 다른 한 점을 잇는 가장 짧은 선은
직선입니다. 가장 짧다는 것은 가장 빠르다는
의미이지요. 그래서 직선은 현대 문명을
상징합니다. 이 직선은 거침이 없습니다.
가로막는 것은 모두 뚫고 나갑니다. 굽이굽이
흘러야 하는 냇물을 곧게 바꾸고, 흐르는 물을
조절하는 바위를 치워 버립니다.

자연스럽게 흐르던 유속을 문명이 현대화라는
이름으로 가속하고 있습니다. 그러다 보니
왜곡이 생깁니다. 지구 곳곳에서 벌어지는
재해들은 바로 이 직선이 만든 왜곡입니다.
자연스러움을 거부하고 다 끊어 버리니까 이런
왜곡이 벌어지는 것입니다. 유속을 견제할 수
있는 장치가 없으니 그대로 뚫고 나가는 거예요.

진짜 나를 찾아라

눈을 들어 흐르는 강물을 보라

유연하지 않으면

유연일 수 없다

문명은 직선이에요. 이때의 직선은
비정함입니다. 자연은 곡선이에요. 이때의
곡선은 다정함입니다. 비행기를 탔을 때
해안이나 산자락을 보세요. 얼마나 유연합니까?
아주 자연스러워요. 곡선의 묘미가 잘 살아
있습니다. 이 유연(柔軟)은 불가에서 말하는
유연(有緣)과도 맞닿아 있습니다. 곡선이지
않으면 다정할 수 없고, 다정하지 않으면 인연이
생길 수 없습니다. 즉 유연(柔軟)하지 않으면
유연(有緣)일 수 없는 것입니다. 여기에 인간사의
비밀이 있습니다.

삶의 기술과
지혜

인간의 몸은 어느 하나 직선인 것이 없습니다.
직선으로는 인간을 이해할 수 없습니다. 곡선일
때만 가능합니다. 이 이해를 다른 말로 하면
삶의 기술이라고 할 수 있습니다. 또 다른 말로
하면 지혜예요. 이와 같은 삶의 기술과 지혜를
통해서 자기 자신을 보다 잘 이해하게 되고 또한
타인을 받아들이게 됩니다. 이웃과 아름다운
유대를 이루게 돼요. 자기 자신에게 주어진
상황을 어떻게 받아들이느냐에 따라서 삶의 질이
달라집니다.

영혼의 밭을
가는 사람

시간에 쫓기는 사람은 죽으러 가는 사람이나
마찬가지예요. 인생의 종점은 죽음인데, 시간에
채찍질을 하면 그 죽음에 더 빨리 이르고 맙니다.
반면에 시간을 즐기는 사람은 영혼의 밭을 가는
사람입니다. 이 밭에 무엇을 심고 가꿀 것인지를
생각해야 합니다.

시계를 들여다보며 허둥대는 사람과, 열심히
밭을 일군 후 잠시 쉴 때 곁을 지나는 바람에
땀을 식히는 사람은 서로 다른 시간을 보낼
수밖에 없습니다. 그리고 이 시간은 분명 삶에서
다른 여정과 무늬를 만들어 낼 겁니다. 어느
여정과 무늬가 아름다울지는 굳이 말할 필요가
없겠지요. 시간을 등에 모시고 가지 마세요.
시간의 노예가 되면 안 됩니다.

천천히
흘러야 한다

공존과 공생을 이루려면 이제라도 속도를 늦춰야
합니다. 천천히 흘러야 합니다. 시를 읽듯 내면을
들여다보아야 합니다. 구호가 아닌 실천을 해야
합니다. 그런 마음들이 모였을 때 그곳 하늘에
구름이 흐르고, 그곳 연못에 연꽃이 피어납니다.
가만히 눈을 들어 내면의 강을 보십시오. 거기에
흐르는 삶의 윤슬을 읽으십시오.

온전한
내 마음

내 마음이 지극히 맑고 청순하고 평안할 때
중심이 잡힙니다. 그때 온전한 내 마음을 지니게
되는 겁니다. 중심이 잡히지 않을 때는 흔들리는
거예요. 정서가 불안정하다는 것은 중심이
잡히지 않은 상태입니다. 어느 한쪽으로 기울고
있다는 거예요. 그렇기 때문에 마음에 없는 일도
저지르게 되고 순간적인 충동에도 휘말리게 되는
겁니다.

불쑥 일어나는 한 생각이 천당도 만들고 지옥도
만들어요. 일체유심조(一切唯心造), 모든 것은
마음이 만든다는 말이 있는 것처럼 불쑥 일어난
한 생각이 천당도 만들고 지옥도 만듭니다.

'모든 것은 마음이 만든다', 일체유심조(一切唯心造)는
『화엄경』의 핵심 사상이다. 이와 관련하여 법정 스님은
"온갖 비극의 씨앗은 눈앞의 일에만 생각이 콕 막혀서 한 생각
어둡게 먹기 시작한 데서 싹튼다. 속지 말 일이다"라고 말씀한다.

청적의
세계

차는 한마디로 청적(淸寂)의 세계입니다. 청(淸)은
맑다는 뜻이고 적(寂)은 고요하다는 뜻인데,
그렇다고 단순히 맑고 고요하다는 의미만
있는 것은 아닙니다. 이때의 적(寂)은 모든
집착으로부터 벗어난 상태, 모든 복잡함으로부터
벗어난 상태를 뜻합니다. 조금 다른 의미에서
말하자면 침묵의 세계예요. 차를 가까이하다
보면 인품 자체가 청적으로 그렇게 승화가
됩니다. 즐기시는 분들은 아시겠지만 차는
무슨 소주 털어 넣듯이 훌쩍 마셔 버리는 거
아니잖아요. 빛깔과 향기와 맛과 색을 즐기고
감응하는 것입니다.

그릇도
쉬고 싶어 한다

차를 마시다 보면 묘한 것을 알게 돼요. 바로
그릇도 쉬고 싶어 한다는 겁니다. 그릇도
사람처럼 쉬고 싶어 해요. 그걸 읽을 수 있는
마음이 있어야 돼요. 안 그러면 나중에 꼭 그릇이
깨지더라고. 그릇도 쉬게 해 줘야 돼요. 엄마들도
아이 표정을 보면 아이 기분이 어떻다는 걸
그냥 알 수 있잖아요. 그렇듯이 그릇도 표정을
짓습니다.

다기가 됐건 항아리가 됐건 그릇이 쉬고 싶어 할
때는 쉬도록 해 줘야 돼요. 사람도 마찬가지예요.
누군가 너무 피로해서 쉬고 싶어 하면 그걸 읽을
줄 알아야 해요. 그릇에 대한 것이든 사람에 대한
것이든 무감각한 사람들은 알아채지 못해요.
사랑을 지닌 사람만이 내면을 읽을 수 있습니다.

마음 편하게 두고
쓸 수 있는 것

수수한 그릇에서 아름다움을 찾는 것은 마음에서
청정(淸靜)을 구하는 것과 같은 겁니다. 너무
완벽하면 피곤합니다. 긴장감 때문에 즐길
수 없게 돼요. 사람도 어디 빈구석도 좀 있고
어수룩한 점도 있고 그래야 친해지지 너무
완벽하면 가까이 지내기 힘들잖아요. 그릇도
수수하고 무던한 것, 마음 편하게 두고 쓸
수 있는 것이어야 싫증이 나지 않습니다.
싫증이 나지 않는다는 것은 마음이 가닿았다는
뜻입니다.

달빛을 탐하여
병에 담아 왔지만

산승탐월색(山僧貪月色)

병급일병중(竝汲一瓶中)

산에 사는 스님, 달빛이 탐이 나서

물병 속에 함께 길어 담았네

밤에 개울가에 가서 물을 긷다가 달도 함께 길어
담은 거예요. 꼭 보지 않아도 눈에 떠오르게
하는, 그림 같은 표현입니다. 그런데 이어지는
이야기가 있어요.

법정 스님이 소개하는 시는 고려 중기의 문신 이규보가 지은
오언절구의 한시 「영정중월(詠井中月)」이다.
'색즉시공 공즉시색(色卽是空 空卽是色)'의 불교관을 드러낸다.

도사방응각(到寺方應覺)

병경월역공(瓶傾月亦空)

절에 이르면 깨닫게 되겠지

병을 기울이면 달도 사라진다는 것을

함께 나눌 수 있는
마음

차를 마실 때는 모든 일손을 놓아야 돼요. 마음이
한가해야 됩니다. 차분한 마음으로 다기도
매만지고 차의 빛깔과 향기도 음미해 보세요.
여건이 되면 다실을 하나 만드는 것도 좋아요.
그렇다고 무슨 방을 따로 하나 만들라는 것은
아닙니다. 원래 있는 방에서 식구들끼리 같이
차를 마실 수 있으면 됩니다. 형식이 중요한 것이
아니라, 그것을 함께 나눌 수 있는 마음이 중요한
것입니다.

차 한 잔을
마시니

한 잔을 마시니 목구멍과 입술이 촉촉해지고
두 잔을 마시니 외롭고 울적함이 사라지며
석 잔을 마시니 가슴이 열려 문자로 그득하고
넉 잔을 마시니 가벼운 땀이 나서
평소 불평스럽던 일들이
모두 땀구멍으로 흩어지네

중국 당나라 시인 노동이 지은 「칠완다가(七碗茶歌)」이다.
노동이 맹간의가 보내준 햇차에 대한 감사의 뜻을 표한 시
「주필사맹간의기신다(走筆謝孟諫議寄新茶)」의 일부이다.

다섯 잔을 마시니 뼈와 살이 맑아지고

여섯 잔을 마시니 신선과 통하게 되며

일곱 잔을 마시려고 하니 양 겨드랑이에서

맑은 바람이 솔솔 일어난 듯하구나

봉래산이 어디멘고

이 맑은 바람 타고 훨훨

그곳으로 돌아갈까 하노라

차를

우리다

찬 우물물 길어다

맑게 갠 창가에서 차를 우리네

목을 축이니 오열을 다스리고

뼛속까지 스민 삿된 생각 지워지네

산골짜기 찬물에 달빛 떨구고

푸른 구름은 바람 밖 비스듬히

이미 진미의 무궁함 알았으니

다시 흐린 눈을 씻네

차를 마시면서 진짜 나를 찾아라

고려 말기의 문신 목은 이색의 시 「점다(點茶)」이다.
『목은시고』 제26권에 수록되어 있다.

법정 스님의 말과 글

1판 1쇄 인쇄 2025년 4월 11일
1판 1쇄 발행 2025년 4월 25일

지은이 법정
펴낸이 김성구

책임편집 고혁
콘텐츠본부 양지하 김초록 이은주 류다경
디자인 이영민
마케팅부 송영우 김지희 김나연 강소희
제작 어찬
관리 안웅기 이종관 홍성준

펴낸곳 (주)샘터사
등록 2001년 10월 15일 제1-2923호
주소 서울시 종로구 창경궁로35길 26 2층 (03076)
전화 1877-8941 | 팩스 02-3672-1873
이메일 book@isamtoh.com
홈페이지 www.isamtoh.com

©(사)맑고 향기롭게, 2025, Printed in Korea.

ISBN 978-89-464-2307-7 03810

값은 뒤표지에 있습니다.
잘못 만들어진 책은 구입처에서 교환해 드립니다.

샘터 1% 나눔실천
샘터는 모든 책 인세의 1%를 '샘물통장' 기금으로 조성하여 매년 소외된 이웃에게 기부하고 있습니다.
2023년까지 약 1억 1,200만 원을 기부하였으며, 앞으로도 샘터는 책을 통해 1% 나눔실천을 계속할 것입니다.